孩子眼中的
罗马时代

孩子眼中的
罗马时代

[法]朱利安·赫维尤 著 [法]罗宾·拉法利 绘 王柳棚 译

中国出版集团
中译出版社

目 录

开始之前…………………………………… 1
第一集　罗马的起源…………………… 9
第二集　罗马，一个辽阔的大帝国………… 31
第三集　公民与奴隶…………………… 47
第四集　罗马政治入门………………… 67
第五集　罗马城市……………………… 85
第六集　建筑…………………………… 105
第七集　庞贝古城，古罗马的幽灵……… 125
第八集　罗马住宅……………………… 141
第九集　文化和娱乐…………………… 165
第十集　罗马军队……………………… 185
第十一集　宗教………………………… 201
第十二集　罗马的伟大及没落………… 217
马克西姆和茱莉亚的话………………… 233

开始之前

你们好!

我是马克西姆。直到这个夏天前,我还在对未来的职业犹豫不决,是应该成为足球运动员还是消防员……这时,我爸妈决定让我去**意大利**的表姐家度假一周!之前一直都是她来法国看我们,这一次轮到我去她家做客了——那不勒斯,我来了!它的意大利语名字是 Napoli。意大利,一个拥有众多超级足球俱乐部的国度!

这一次,我跟自己说:"马克西姆,上天注定,你要成为足球运动员。"但其实我的旅程**并不是**为了踢足球。

我想做的事是睡午觉、吃比萨饼(或者意大利面,哈哈)和游泳。不过,发生了一件让我**意外**的事。

事情是这样的:暑假开始的时候,没有爸妈的陪伴,我独自一人(厉害

那不勒斯

注:本书地图系原书插附地图

吧)乘飞机抵达那不勒斯机场。我的表姐茉莉亚在机场接我。她15岁,比我大两岁,她**特别酷**!我这么说,并不是因为她总是一副小机灵鬼的模样,不是因为她总是让我跑腿,也不是因为她会在我谈论足球时露出不屑一顾的表情,更不是因为她不论走到哪里都随身带着一本书,

而是因为她就是全世界最好的表姐。不，等等，她是全宇宙最好的表姐。在去舅舅家的车上，每个人都用法语跟我交谈（我承认我的意大利语太烂了😑）。

茉莉亚列出了我们要去参观的一些地方，其中包括一个非常特别的景点——一个没有居民的幽灵城市，它的名字是庞贝古城。

一座空空荡荡的城市？太诡异了！不过，这样一来，我可以尽情地在大街上玩滑板，感到累了就在某栋小楼里打个盹儿。最重要的是，自拍的时候也不会有人出现在背景里！我可受不了这种事！**哼**！

当我跟她说起这些想法时，茉莉亚表示她计划第二天带我去参观这座城市，但我就别指望可以自己一个人待着了……因为这是个大名鼎鼎的地方，所以肯定会有很多穿拖鞋的游客在自拍……见鬼，看来想要尽情地玩滑板是不可能了！不过，我还是很好奇，一座没有居民的城市，听起来也太**古怪**了！

那时我就知道，茉莉亚**一定**对我隐瞒了一些事情。到她家之后，我们吃了美味的比萨，她还嘲笑了我的口音。在此期间，我跟她说起了我的疑问,她只是笑笑,并没有回答。

我问道:"庞贝古城没有居民怎么会有商店?""那里的意大利面好吃吗?"渐渐地,我开始怀疑她是不是在准备一个恶作剧!

第二天,我登上了茱莉亚家的汽车,坐在她旁边。我已经准备好应对她的一切恶作剧了。有一次,她穿着她的万圣节服装装扮成一个**僵尸**,还放了一块散发着臭味的旧奶酪,让我以为我的房间里真的闹鬼了。这件事我至今仍记忆犹新!总之,我们的车现在正行驶在一条看上去完全正常的道路上。突然,**砰**!透过车窗,我看到了路旁的梧桐树和远处的小村庄,我甚至还能看到那不勒斯市区的现代建筑;然后,我看到了寺庙的石柱,只剩一半的墙壁,以及古老的大门……

信不信由你,那一刻,我感觉我穿越了时空——<u>我正注视着一座古罗马的城市</u>!是的,你没听错,我眼前出现了一座古罗马城市!恺撒和他的罗马军团,朱庇特和墨丘利……

当然,眼前出现一座那个时代的城市,这种事听起来确实相当奇怪!而且注意,不只是一两栋房子，也不仅仅是一座神庙，而是一整座城市。几千年的历史就在眼前，等待着我们探寻的目光。庞贝古城是如何被保存得如此良好的？别担心，我很快就会向你讲述它背后的故事！☺现在你只需要知道，我一下子就被它迷住了。

庞贝古城遗址！

庞贝古城中的一栋房子！

实不相瞒，在学校，历史并不是我最喜欢的科目。我不喜欢记日期，也讨厌那些看不懂的名字。但在这一天，茱莉亚带我参观的庞贝古城是看得见、摸得着的，矗立在我面前的是活生生的历史！如果你真的能回到过去，我可不信你还会说:"不,我才不在乎呢,我不喜欢历史!"

不,你会像我一样改变主意的!如果有一个从过去穿越到现代的城市,我**绝对**想要了解更多关于它的信息,而且越多……嗯,越好!

虽然我之前提的问题让茉莉亚感到有点莫名其妙,但就像我告诉你的那样,她超级酷,所以她不仅同意告诉我关于庞贝古城的一切,还答应帮助我,向你讲述古代罗马的所有历史!

当我谈到罗马的时候，可能你首先想到的会是罗马帝国、恺撒大帝之类的，但古罗马的历史远不止于此！罗马是当时的**超级大国**，"古罗马时期"这个术语甚至被用来表述罗马领土之外的地方所处的时代。罗马就像当时的世界中心！俗话说得好——条条大路通罗马☺。

当然，有的时候我不得不对大量的信息进行选择、分类和简化。这是因为<u>即使是考古学家和历史学家之间也会有分歧</u>，更何况他们还在持续地挖掘着过去的秘密，并且不断有新发现。不过，嘿嘿，我会尽力做到最好的。最重要的是，我想跟你分享我对古罗马历史的热爱！所以一从庞贝古城回来，我就拿起手机拍摄了这段视频（而且，这是多么好的假期视频博客素材呀）。另外，我还说服了茱莉亚，接下来用她的相机录视频，这样看起来会更舒服。☺

古罗马是世界上最具传奇色彩的文明之一，如果你想了解它从起源到衰落的伟大历史，那就订阅我的频道吧！

第一集

罗马的起源

你们好!

如果你看到了这里,那就说明我在第一个视频中非常有说服力,哟!我想得没错,我肯定不是唯一一想要深入了解古代罗马的人。☺不管怎么样,欢迎你!让我介绍一下背景:现在是星期二晚上,也就是参观庞贝古城和拍摄上一集视频(你一定看过了)的第二天。

首先是一个好消息:我说服茉莉亚放弃了周

五的远足计划,我们到时候会再去一次庞贝古城。我会如约跟你讲述这座城市的历史,并且把我昨天看到的一切都展示给你,然后用现场直播的方式向你解释很多有趣的问题!(只要是在那里,让我走上几个小时也没关系。)

我承认,如果可以的话,我会**马上**回到庞贝古城。但这是不可能的,因为我还有很多事情要做——这是我第一次来意大利,而且我只有一周时间,所以我舅舅想向我展示最好的景点,庞贝古城只是一个开胃菜罢了!今天,我们参观了那不勒斯。也就是说,在一天的时间里,我们吃了冰激凌,逛了那不勒斯的街道,还参观了马拉多纳体育场——我们想偶遇一个在那里训练的足球运动员（剧透：虽然我们谁都没看到，不过体育场确实很棒）。

明天的安排更让人激动，因为我们要去罗马！我会把我看到的有趣的东西都拍下来。我们还会去参观一个博物馆（茉莉亚坚持要去😐），到时候我也会尝试收集一些信息！☺

总之，我今天晚上还想拍摄一段视频，所以一回到家，我就叫上茉莉亚，带着脑子里昨天刚刚学到的新知识和一个相机来到了花园。**就这样，**一个纯正的意大利式冒险故事开始了！

好，<u>让我们从起源说起。</u>看到这个哺育着两个婴儿的母狼的雕像了吗？没错，我知道，这有点儿奇怪！

"哪里奇怪了！这是罗慕路斯与雷穆斯！"

"啊，茱莉亚，你把我营造的氛围都破坏啦！我还以为你不想说话，只是过来帮我拍摄并确保我不会弄坏相机呢！☺好了，我继续！"

对我们，以及罗马城和后来的罗马帝国来说，一切都始于一个传说……

就是这么神秘！这还只是开端呢！故事要从这两个婴儿说起，他们的名字分别是**罗慕路斯和雷穆斯**。这两个小男孩是**战神玛尔斯**的儿子。所以，可以肯定地说，作为神的儿子出生还真是开启人生的一个不错的方式呢！不过，这个身份也是一把双刃剑。兄弟俩的母亲**瑞亚·西尔维娅**是一位国王的女儿。婴儿降生之后，国王非常害怕，他认为这两个孩子有朝一日会夺走自己的王位，于是便命人将他们扔进河里。

他就是战神玛尔斯！

看起来很残酷。

两个弃婴被放在一个篮子里,漂流在意大利的台伯河上。最后,他们来到了一个洞穴下。突然,从洞里冒出了一头母狼!**嗷呜!** 你以为它会吃掉他们?等等,我们的主角可是神的儿子!在我看来,母狼一定闻出来了,它知道,一旦吃了他们就会惹上大麻烦……也有可能是因为,它只是单纯地觉得他们太可爱了!不管怎么样,<u>母狼决定收养这两个婴儿</u>,并且用自己的奶水哺育他们,因为篮子里的两个小家伙肯定饿极了!

听起来有点像电影《奇幻森林》中毛克利的故事!就是那个由黑豹巴希拉和熊巴鲁抚养长大的男孩,他总是穿着内裤在丛林中奔跑……当然,我们的故事发生在意大利,而且这里也没有多少丛林。

母狼的洞穴在帕拉蒂尼山脚下,罗慕路斯与雷穆斯就在那里慢慢长大。那长大了之后,他们想做什么呢?两个男孩决定在他们成长的地方建立一座城市,那是一个风景秀丽的地方,对他们有着重要的意义。那里还有一条河流和几座美丽的小山,可供他们定居下来。

但两兄弟却发生了争执。

"我们要在帕拉蒂尼山上建城。"罗穆路斯建议。

"不,我更喜欢阿文提诺山!"雷穆斯说道,用手指着另一座小山。

他们都是**玛尔斯**的儿子,都继承了战神火爆的脾气。两兄弟开始互相吼叫对方,想要证明自己才是对的。比如,他们会说:"谁看到的秃鹰更多,谁赢!"最后,他们决定开启**战斗**模式。

两个半神之间的战斗十分激烈,火花四溅。他们拳打脚踢,头破血流……好啦,好啦,茱莉亚,我会冷静下来!简而言之,两个人打得昏天黑地,最后,愤怒的罗穆路斯杀死了雷穆斯!

帕拉蒂尼山!

帕拉蒂尼!

不,阿文提诺山!

阿文提诺!

他杀死了自己的弟弟！真的吗？！

罗穆路斯意识到自己刚刚做了一件**无法挽回**的事情，他伤心极了！老实说，如果是你，你也会这样吧？之后，他崩溃了，将自己曾经的愤怒抛之脑后，决定将弟弟埋葬在他深爱的阿文提诺山下☹。完成之后，罗穆路斯继续自己的建城计划。他决定用自己的名字（神就是如此自大）将这座城市命名为

罗马！

"这样的话，等我建立了属于自己的城市，我要管它叫'马克西马'。"

"好呀，马克西姆。不过它肯定是一个法国小村庄，要不然就叫'牛粪上的马克西马'吧？"

"**啊啊**，茱莉亚！我好不容易想出了一个完美的名字！那你建的城市就叫'塞纳河畔笨蛋城'好了！哎哟！哎哟！不，我什么都没说！好了，让我们继续吧！"

根据这一传说，罗马始建于**公元前** 753 年。确切地说，是这一年的 4 月 21 日。这一天是罗马历法的开始。对他们来说，<u>罗马建城的这一年就是罗马历史的元年</u>。当然，这只是他们自己定的起始年份。不过，这也从侧面反映出我刚刚给你们讲述的这个传说在罗马文化中的重要性！古罗马人通过各种各样的方式来讲述这个重要的神话

茱莉亚，顺便问一句，什么是考古学？

啊，原来我可以说话呀！☺**研究我们祖先留下的痕迹，以此来分析他们的生活方式，这就是考古学。**这是一门非常有趣的学科！通过挖掘的方式，考古学家可以发现古建筑的废墟以及其中的物品。有时，仅仅通过地上残留的微小痕迹，他们就能加深对一座古老的城堡、一座农场，以及一座军营的了解……

作为一名考古学家，你需要有耐心，有足够的文化知识，以及非常细心（因为古代的东西通常都很脆弱，所以你必须小心翼翼地挖掘）。由于意大利到处都是值得探索的遗迹和待发掘的物品，所以我打算成为一名考古学家，就像我的表姐马尔齐亚一样！哦耶！

哇！不过是谁想出这个主意的，用泥土将这些精美的艺术品盖住？

故事，比如绘画、雕塑，等等。我还在庞贝古城的一座房子里看到过关于这个故事的一幅壁画，所以人们管这座房子叫"罗穆路斯和雷穆斯之屋"。

当然，这只是传说而已！今天，在考古学的帮助下，我们终于得以知道这一传说背后真实的历史。

茱莉亚，顺便问一句，世纪是如何计算的？

啊，我可怜的马克西姆！这是个好问题，因为我不知道大家是不是都明白，所以有必要稍微提醒一下！当我们说公元前6世纪（罗马计数法为"公元前第 VI 世纪"），意思是公元时代之前的 500 年（或者耶稣基督诞生之前的 500 年，也可以说成前 500 年，看你更喜欢哪一种方式……）。在西方，通常用**罗马数字**来表示，比如说：

1 - 2 - 3 - 4 - 5 - 6 - 7 - 8 - 9 - 10
I - II - III - IV - V - VI - VII - VIII - IX - X

所以，我们用"6 世纪"而不是"5 世纪"来指代公元 500 年或公元前 500 年。原因很简单——如果是耶稣基督诞生之后的年份（通称公元几几年，呵呵），如公元 10 年、公元 20 年和公元 30 年之类的，我们不会说"这是公元 0 世纪"。这听起来太奇怪了！我们会说"这是公元 1 世纪"。所以公元 100 年是公元 2 世纪，公元 200 年是公元 3 世纪……这也就是为什么 2000 年或 2010 年出生的人是出生在 21 世纪，而不是 20 世纪，即使年份以数字"20"开头。

比如说，在你出生之后和第一个生日之前，是你人生的第一年，而不是第零年。世纪也是一样的道理！☺

轮到你了，马克西姆！

事实上，早在**公元前**753年之前，这座城市就有人居住了！确切地说，自公元前10世纪以来罗马就有人类居住的痕迹。也就是说，罗马的历史至少要追溯到**公元前900年**！

显然，当时这个有着7座山丘的地区居住着很多牧羊人，他们的村庄**越来越大**，然后逐渐聚合在一起，形成了庞大的城市。这就是后来的罗马！

罗马是挺不错，但罗马人很快就对只能生活在一个城市感到了厌倦！很快，他们有了征服的欲望……最后，他们成功地控制了当今欧洲的大部分地区。这个国家拥有广阔的领土，人称**罗马帝国**。它的统治区域不仅包括首都罗马，还包括各地的行省，以及殖民地……不过，刚开始时它

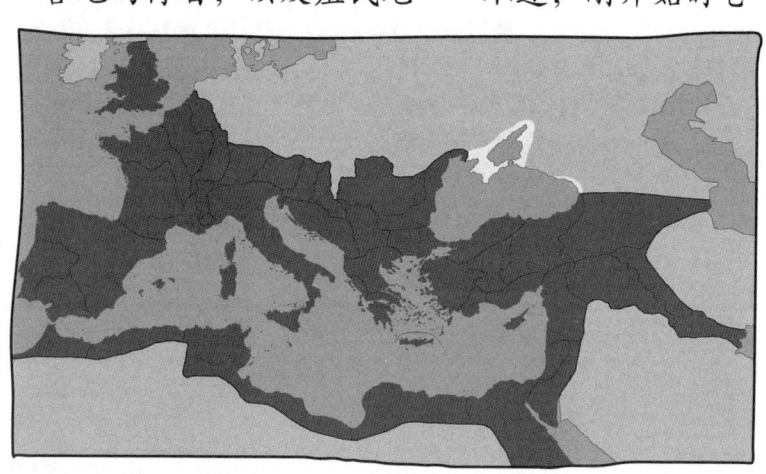

注：本书地图系原书插附地图。

还很小，只是帕拉蒂尼山脚下一座小小的城市。

听到这里，你肯定想知道<u>罗马是如何从无到有、获得如此巨大的权势的</u>。刚好，我正准备按顺序向你讲述这背后的故事。

一开始，在今天我们所熟悉的意大利大地上分布着很多小城邦，它们的居民叫**伊特鲁里亚人**。他们彼此之间争斗不休，不仅在陆上打仗，还在海上干架！在这种情况下，你可以想象得到，位于意大利中部的罗马不可能置身事外。事实也正是如此，罗马很快就被它的邻居袭击了。😮我很想一五一十地将事件的经过讲给你听，但说起来容易做起来很难……因为有时候很难区分罗马人讲述的是传说还是真实发生的历史。无论如何，我们能确定的是，当时的局势很快就紧张起来了。

你觉得罗马人会怎么做？仅仅是保护自己不被袭击，还是像传说中他们的奠基人罗穆路斯一样主动投身到战斗之中？

他们有更好的主意！罗马所在的地区被称为拉丁姆平原，所以，那里的语言就被称为拉丁语！既然大家都说同一种语言，生活在同一片平原，而且有很多共同点，为什么不联合起来呢？

随后，罗马就加入了**拉丁同盟**，这是一个由拉丁姆平原城镇组成的联盟，它们联合在一起要比各自单独参战强大得多。既然可以组队对抗共同的敌人，为什么还要孤军奋战呢？☺

就这样，罗马可以更好地防御来自拉丁姆平原以外敌人的持续袭击了——因为其他敌对城邦也不会善罢甘休。随着时间的流逝，这座城市会经历很多战争。有的赢了，有的输了……这些战争充满了波澜起伏的情节，我们可以拍出一个系列的视频！不，两个系列！嗯，三个系列！

"茱莉亚，你可以跟我们讲讲其中一场战争吗？虽然你已经跟我介绍了很多，但是我还想听更多的战争故事！"

"没问题！嘿，我们已经讨论过很多场罗马轻松取得胜利的战斗，这次，不如来介绍一场他们差点儿输掉的战役吧！那就开始吧！**公元前508年**，罗马与克卢修姆城邦（位于今天托斯卡纳地区的丘西城）的伊特鲁里亚国王**拉尔斯·波森纳**之间爆发了战争。

"拉尔斯·波森纳是一位既狡猾又优秀的将军，在他的带领下，克卢修姆的士兵们围困了罗马。是的，罗马似乎输掉了战争，而且还不只一点点！幸好拉丁同盟及时介入，与伊特鲁里亚国王作战。最终，后者被击退了，他被迫放了罗马一条生路。这是同盟的胜利，但当时的罗马真的险象环生，历史甚至可能被改写！那还只是罗马经历过的众多战争中的**一场**而已！事实上，罗马从未拥有真正的和平，总有一群人从山上下来，威胁拉丁姆平原的安宁！"

"**哇**，茱莉亚，你这个结论让人坐立不安！"

确实，我们可以感到心安，虽然罗马经常受到攻击，但总有同盟的小伙伴前来支援和帮助它……只不过，这样就小看罗马人了，其实他们还会毫不犹豫地攻击自己的"兄弟"，就像他们的祖先罗穆路斯一样。是的！罗马似乎觉得自己的生活太过平静了，**居然**还经常跟拉丁姆平原的其他城市开战！不是说好要团结吗？！

通过攻击邻邦，同盟内的其他城市日益衰弱，罗马则自然而然地变得越来越强大！等到足够强大时，它甚至开始建设卫星城市！事实上，它在自己的周围建立了很多小城市，也就是**罗马殖民地**。

当罗马找到一个适合定居、耕种和贸易的好地方，以及最为重要的是，能够作为控制某一战略要地的屏障时，它就会将自己的居民迁移到那里，然后建造房屋。转眼间，一个殖民地就诞生了。而且，这个新生的城市在保护自己的同时，也守护着通往罗马的道路。

但这并不一定能阻止入侵者的通行。他们会发动突袭，不断地入侵，而罗马则不得不一次又一次、年复一年地保卫自己，直到……

好吧，我已经告诉过你了，罗穆路斯是战

神玛尔斯的后代。所以你猜？是的，罗马生气了！**很生气！** 到目前为止，它还只是满足于攻击拉丁姆平原上的其他城市和击退入侵者。但在公元前5世纪，罗马受够了，它决定发动一场**大战**。它计划对总是侵略它的其他城邦和部落发动大规模的攻击。目标是一劳永逸地解决他们！

例如，在**公元前343年**，卡普阿城臣服于罗马。萨莫奈人，一个精于战斗的部落，打算不顾一切地夺取卡普阿城。他们这次可犯了大错！因为罗马无意轻易放弃它最近才征服的土地，于是罗马人与萨莫奈人进行了一系列的战争！

在**公元前341年**，罗马击败了萨莫奈人。罗马人心想：在展示完谁才是战场上的王者之后，其他部落肯定会学乖，知道最好不要再找罗马人的麻烦。但在**公元前340年**，罗马的前拉丁盟友又来找茬了！另一场战争开始了。虽然罗马人又赢得了胜利，但……哦，不！**公元前327年**，是谁又卷土重来了？是萨莫奈人！而这一次的战争持续了整整20年！真是难以想象！最后，罗马人受够了！为了让萨莫奈人不再攻击他们，罗马人发动了侵略，并控制了萨莫奈人的部分领土。是的，这样他们就成了罗马的一部分，而且会变得更容易被管理。不过，萨莫奈人并没有完全臣服，总之，他们又反叛了……在这种情况下，罗马永远地吞并了他们。对，全部！

从此以后，罗马不再满足于击退敌人的入侵。为了防止敌人造成伤害，罗马人占领了敌人的城市，于是，<u>罗马的领土逐渐扩大</u>。而这又引起了别人的嫉妒，更多的战争接踵而至……如此往复，罗马又占领了新的城市，并将它们一个个吞并！

茱莉亚，顺便问一句，什么是吞并？

好吧，马克西姆，其实相当简单。当罗马击败另一个城市时，它可以决定让后者保留一定的自治权。例如允许败者继续使用自己的法律。但当罗马严肃起来不再开玩笑时，它会直接吞并另一个城市！这也就意味着后者的自治权被完全剥夺了！从这一刻开始，败者的所有居民都必须遵守罗马法律，无一例外！来吧，继续，继续！

就这样，罗马越气势汹汹，它受到的攻击就越多。而一旦受到的攻击越多，它发动战争、吞并敌人的借口也越多，然后就变得更加气势汹汹！

至于拉丁同盟的其他成员，从公元前4世纪开始，由于昔日盟友之间的勾心斗角和战争，他们逐渐全部落入罗马的控制之下。他们不再是罗马的盟友，而成了被罗马吞并的领土，并且反过来为罗马的对外征服战争提供兵源。与此同时，罗马继续到处建立新的殖民地。**嘿！**

就这样，罗马逐渐将整个意大利半岛蚕食殆尽……然后开始与其他大国发生摩擦，如**希腊人**和**迦太基人**的地盘。

希腊人大多生活在希腊，但也在地中海周围建立了很多殖民地。至于迦太基人，他们主要定居在北非，不过他们的殖民地遍布各地……

三大强国之间的气氛越来越紧张！

战争再次爆发。罗马共和国通过战争、条约和谈判等手段吞并新的领土——比如说西西里岛！**咳咳**，可以讲的故事太多了，但我不会向你一一介绍这近几个世纪的战争，否则我起码得录制100个视频！另外，这些故事就像真正的小说一样精彩！有才华横溢的将领、幕后的政治阴谋、反叛的雇佣军，以及规模宏大的海战……

"哦！马克西姆，我可以说话吗？我有一个很好的例子。我想向你介绍我最喜欢的一个战争片段：在罗马和迦太基的第二次战争（第二次布匿战争，开始于**公元前218年**）期间，迦太基派出了它最杰出的将军之一——**汉尼拔·巴卡**。

"因为他来自非洲，所以汉尼拔带来了非洲特产——大象！为了出其不意地攻击罗马人，他率领大军在地中海北岸登陆，然后翻过阿尔卑斯山，兵锋直指意大利。**这完全是不可能的事！**是的，很多大象在登山途中感冒了。但当它们从山上下来时，罗马人**大吃一惊**！你能想象在冰天雪地的两座山峰之间，突然走出了一群大象，后面还跟着一整支军队吗？走出一群土拨鼠倒是有可能！但一群大象？！汉尼拔的计划达到了预期的效果，他在罗马制造了混乱，罗马士兵在大象面前畏缩不前！但是，人们说，赢得一场战斗并不意味着赢得一场战争……这正是问题的关键所在，虽然汉尼拔在战争初期占尽上风，虽然罗马人最开始屡战屡败，但他们最终仍然凭借着一场接一场的战斗成功地将他赶回了非洲。

"**公元前202年**，在扎马（位于今天的突尼斯境内），汉尼拔说道：'放马过来吧，我

会再次使用大象战术！'但这一次命运女神没有眷顾他！罗马人也有一位杰出的将领，他的名字叫西庇阿！他指挥军队一齐吹响战争号角，汉尼拔的大象惊慌失措，四处逃窜，甚至踩踏了他自己的军队！这就是百密一疏吧！"

"这个西庇阿也太聪明了！而且这还只是罗马和迦太基众多场战斗的一个篇章！"

"嗯，你说得对！不过，请不要担心，对我们最喜欢的城市来说，它迎来了一个好的结局，但对它的敌人来说却不是这样。经过一个多世纪的布匿战争，为了彻底结束这场旷日持久的战争，罗马夷平了迦太基这座城市！

"根据传说,罗马人在迦太基的大地上撒盐,以确保这块土地变成真正的不毛之地。虽然这只是一个传说,但战争的残酷可见一斑!"

> 他们命令我们将成千上万吨盐运到迦太基城……

> 所以他们是准备制作大量的炸薯条吗?

"**哇**!我就说要讲的东西太多了吧!"

好,我想我们举了一个很好的例子,它完美地证明了罗马在打仗这件事上从来不开玩笑!

最后,整个意大利都落入罗马的手中。接着,罗马开始征服更远的地方,包括高卢。你肯定知道高卢人的故事吧?比如恺撒大帝和阿斯特里克斯[①]……啊,不对,阿斯特里克斯是虚构

[①] 法国经典漫画《高卢英雄历险记》中的主人公。

的！ ☺ 真可惜，我真的很想喝点儿魔法药水，这样我就能在体育课的足球比赛中击败三年级的大个子了……

"马克西姆，你跑题了！"

"啊，对不起，茉莉亚说得对，我又开始东拉西扯了。"

虽然我们还没有讲完罗马的故事和历史，但我们已经介绍了一些要点，这能帮助我们理解罗马是如何从无到有，从位于拉丁姆平原上的台伯河畔一座小丘上的一个牧羊人村庄，发展成为一个将其所到之地尽数占领的幅员辽阔的强大帝国的。

不仅如此，它的历史还在继续，它会走得越来越远！但是……咦，已经是晚餐时间了？好吧，我要去吃饭了，让我们下集继续吧！

第二集

罗马，一个辽阔的大帝国

众位别来无恙呀！

在罗马度过了美好的一天后，我又跟大家见面了！我承认，一开始我是不太情愿早起出发的——而且还要开3个小时的车！**天呐**！但事实证明，这完全值得。当我知道罗马是如何建立并一步步地成为整个意大利的"心脏"后，再去拜访这座城市，感觉就更好了！我们甚至登上了传说中的**帕拉蒂尼山**和**阿文提诺山**。当然，现在的罗马跟它刚建立时相比肯定发生了翻天覆

阿文提诺山

帕拉蒂尼山

地的变化，但它真是棒极了。看，这是我拍的一些照片！ ☺

好吧，请原谅这些光线昏暗的照片，因为现在已经很晚了！我跟茉莉亚在车上睡了一会儿，所以现在精神很好，我们觉得可以在睡觉之前拍摄一小集……为了给大家呈现独一无二的效果，我们真的很努力！

这又是什么奇装异服？

昨天，我已经为你们讲述了罗马是如何从一个牧羊人的小村庄扩展成为一个控制了整个意大利的大国的。实际上，<u>罗马的控制范围远不止于此</u>！在几个世纪的时间里，它的领土不断扩大，直到**公元117年**达到全盛。你即将看到它广袤的领土。来吧，让我给你具体描述一下！

当时，罗马是一个东到中东地区、西到英格兰海岸的大帝国。它的面积有500多万平方公里，人口多达8000万！可以说是那个时代的**庞然大物**了！

此外，如果你住在一个老城或者经常旅行，你可能会发现，几乎不管在哪里都能找到罗马帝国的遗迹——引水渠、圆形剧场、贸易港口的废墟……这是因为罗马控制了一片超级大的领土！

叙利亚的布斯拉就有一座罗马时代的圆形剧院。

让我们看看这广袤领土的具体情况！

首先，罗马帝国将其领土分为很多"**行省**"，它们的面积很大，每一个都有自己的行政机构。

当然，每个行省都要接受罗马的领导。（嗯，差不多吧，说到后面你就知道了。☺）罗马人将自己的领土划分得很清楚，这有一个好处，通过观察这些行省，可以很容易地确定帝国的边界。

现在让我们从罗马的北部边界开始。这是一块被迷雾笼罩的狂野之地……

不列颠尼亚

哈哈，不是你知道的那个英国！当时，"不列颠尼亚"是指罗马在今天英国所在的大不列颠岛上的行省，它占据了整个岛屿的四分之三。还有四分之一呢？嗯，剩下的这一小部分土地上居住着皮克特人，他们也在《高卢英雄历险记》中出现过。他们定居在今天的苏格兰的北方部落，并且让罗马士兵吃了不少苦头！

"具体是怎么回事呢，马克西姆？让我看看你是否还记得我给你讲过的知识!"

"啊,我可不会忘记!皮克特人经常袭击罗马人。有的时候,他们赤裸着上身,头发上满是油污,身上到处都是纹身。老实说,如果我是一名罗马士兵,看到那样的战士怒吼着向我袭来,我会……"

"逃跑吗?"

"**才不会呢!** 不过,哎呀呀,还是太吓人了!"

像地狱一样!

而且老在下雨!

真的很吓人!所以这个岛不好管理。正因为如此,罗马人都被迫躲在横跨整个岛屿的高墙之后生活……它有点儿像中国的长城,但是在英国!啊,你不会不知道吧?直到今天,你还可以在英国看到这座城墙的遗迹,我之后会跟你讲述与这座**壮观**的城墙有关的故事。

让我们把目光转向西方。一路向西，罗马帝国的边界直抵大西洋。因为罗马帝国的船只不适合在汹涌的大洋上冒险，所以美洲还没有被发现。另一方面，现在的法国、西班牙，以及地中海对岸的摩洛哥都在罗马帝国的控制之下。

法国被划分为多个**高卢行省**,伊比利亚半岛则被划分为多个**西班牙行省**(以及其他行省);而摩洛哥则是**毛里塔尼亚行省**的一部分。

罗马帝国不仅包括西边的摩洛哥,也包括整个非洲北部海岸。不过,帝国的南部边界差不多就止步于此了,因为位于最南端的就是**埃及行省**。古老的法老王国被罗马人征服,并在之后的数百年内一直处于他们的控制之下。罗马人因此可以自由地行走在大金字塔的影子中,并尽情地享用该地丰富的物产,包括小麦和各种建筑材料。

最后,在东方,罗马将其大门建立在如今的中东地区。它不仅拥有今天的希腊和土耳其(更不用说众多的地中海岛屿),还包括一个因多种原因而被载入史册的行省——**犹太**。耶路撒冷就坐落在这片土地上,此处诞生了一个后来颠覆了整个罗马帝国的宗教——基督教!

总之,你现在明白了吧,罗马帝国**非常庞大**!而且在帝国境内居住着各种各样的部落和民族。被罗马人征服的英格兰部落对古埃及人民知之甚少,甚至一无所知,但他们确实都属于同一个帝国。

你肯定会想,有这么多不同的民族,罗马一定是一团糟吧?有时候是,但罗马成功地维持了一种非常单纯的状态,那就是 pax romana,意思是"罗马治下的和平"。

茱莉亚,顺便问一句,当时所有人都说拉丁语吗?

我亲爱的马克西姆,并不是这样。即使在罗马人当中,也存在两种不同的拉丁语——行政部门使用的经典拉丁语和人民使用的日常拉丁语。这就好比你说话和写作时所用的语言总是会有微小的差别!例如早些时候,当你经过一座纪念碑前时,你说:"哇,好牛!" ☹ 但你在学校写作文的时候并不会这么写,而且政府也不会使用这样的词语。当时也是一样,书面拉丁语和口头拉丁语是两回事!

更何况,在罗马广袤的领土上居住着很多不同的民族,他们在加入帝国之前就已经有了自己的语言,而且显然并不想放弃它。就这样,拉丁语逐渐跟这些语言混合在一起并获得了发展。久而久之,罗曼语族的各种语言诞生了。例如,法语、意大利语和西班牙语都是在原来的罗马帝国领土上逐渐成长起来的语言,这就是为什么你会在这几种语言中找到看起来很像的词。比如说"唱歌"这个动词,在法语中写作 chanter,在意大利语中写作 cantare,在西班牙语中则写作 cantar。♪♫

> 此外，还存在许多其他的罗曼语，包括葡萄牙语、罗马尼亚语、加泰罗尼亚语，等等。我们甚至直到今日还在使用拉丁语，如 recto verso（正反面的）、idem（同上）、a priori（先验地）……你看，拉丁语并没有消亡嘛！
>
> 黄牌！（意大利语）
> 黄牌！（西班牙语）
> 黄牌！（法语）

保持这个状态的关键是必须防止发生内部战争。在这方面，罗马可是个老手了！你还记得是谁总是跟自己的盟友发生冲突，并最终推翻了它所属的拉丁同盟的吗？啊，是罗马！哎呀呀！☺不过，这样一来，罗马就非常清楚地了解到，内战会造成什么程度的伤害……当时部队行军主要靠走，所以移动速度十分缓慢。所以，你可以想象一下，在如此幅员辽阔的帝国中，为了阻止两个古老的敌对部落之间的战争，需要有人从英格兰跑到摩洛哥，或者从西班牙跑到土耳其，最好避免这样的事情发生！因此，为了确保其治下的领土的和平，罗马将其军事力量集中到边境上。但这并不是一件容易的事！

例如在帝国东北部有一片十分茂密的森林，里面居住着一群十分强悍的战士——**日耳曼人**！虽然说罗马控制了他们一部分领土，并将其命名为日耳曼尼亚行省，但剩下的日耳曼人却一次又一次地成功抵挡住了罗马侵略者的脚步。☺因此，当帝国厌倦了无休止的进攻，而且还无法征服更多的领土时，它决定加强边境的防御。

"这就是所谓的**罗马界墙**（拉丁语为 limes，读作"利迈斯"，意思是"道路"，就像一条沿着边界延伸的长城）。这是一连串规模宏大的防御工事，有城墙、沟渠、塔楼和坚固的营垒，其目的是为了加强东部边境的防卫，并保护帝国东部地区。马克西姆谈到的在英国的那堵墙也属于界墙，它的名字是哈德良长城！

在今天的德国，我们还能看到重修之后的古罗马界墙！

"界墙的目的是将处于和平之中的帝国领土同世界其他地方分开，并防止'野蛮人'进入帝国，窃取这些因为身处和平之中而得以发展商业和贸易的人民的财富。罗马人在其位于非洲的领土上也建有界墙，但这些工事主要是为了保护自己免受沙漠部落的侵害，虽然沙漠的存在本身就已经是一种十分有效的自然边界了！"

"我觉得罗马界墙可真是一个杰作呀！以当时的技术，要建造这些连绵数千公里的防御工事得花费多少时间和精力呀！"

"当然了，如果罗马人像你一样早上10点钟才起床，那界墙是很难修起来的，我的小马克西姆哟！"

"喜欢睡觉有错吗？而且你看，像今天早上那样，在必要的时候，我还是可以早起的！哼，我得建一堵墙来防止听到这样的评论。我们讲到哪里了？哦，对了！"

一旦有人入侵，界墙的守军可以迅速发出警报，并在阻止敌方前进的同时，向附近的驻军求援！这极大地增强了居民们的安全感，他们知道，多亏了这种强大的防御体系，他们才能过上和平的生活，这都是罗马及其军队的功劳……

当然，这些都是理论！☺因为罗马有着数百年的历史，有时他们会征服新的领土，但有时他们也会战败。边界会移动，有时向前，有时退后。入侵者甚至有可能深入到帝国内部。这些所谓的野蛮人（不属于罗马文明统治下的其他民族）有时会成功越过罗马界墙，进入内地掠夺富有的罗马省份。当你可以免费使用邻居家的东西时，为什么还要费心费力地做贸易呢？

"而且，虽然有些人会想方设法通过罗马界墙，

但可能他们并不是自愿的,只是出于没有其他选择!你可以想象一下这堵防御墙另一边会发生些什么……蛮族们可能会相互攻击!另外,有一些部落为了躲避来自东方的入侵者,他们不可避免地会想向西移动,直到他们来到罗马界墙脚下。在几个世纪的时间内,罗马的防御被削弱了,越来越多的入侵者越过了边界。这就是所谓的'蛮族入侵时代'。起初,罗马人设法抑制了这些入侵,但蛮族的入侵如潮水般不断涌来,国王越来越难以招架……而且,随着时间的推移,蛮族的足迹越来越深入。他们冲向西班牙,进入意大利,然后更大的灾难袭来——**公元410年**,一支名叫西哥特人的蛮族跟随其他部族的脚步,穿越了罗马界墙,成功抵达罗马,并**掠夺了这座城市**。这是一个史无前例的冲击!"

是的,**这是一个悲剧!** 在这个时代,蛮族不仅会进入帝国,还会在那里定居,如阿勒曼尼人、勃艮第人、汪达尔人和一个你肯定知道名字

的民族……**法兰克人**!

这个民族来自东方,长期以来一直在跟罗马交战。**公元405年**,他们趁着多瑙河和莱茵河结冰之际,渡河进入帝国境内。之后,他们便在帝国住了下来。法兰克人在图尔奈附近建立了自己的王国,后来还出了一位著名的国王。你们应该听说过他的名字!他叫**克洛维**,在**公元481年**成为法兰克人的国王。有朝一日,法兰克王国将演变成现在的法国!

呼,我说完了!在罗马走了一天之后,我可太累了,结果还要费力介绍这些日期!

"我不得不承认,我的肾上腺素水平也开始下降了!"

"呃,如果你听困了就直说,茱莉亚!"

"没有,没有。☺ 你看,相机也没电了。我待会儿会给它充电,现在跟你的观众说再见吧!"

好的,那么,晚安啦!希望现在你对罗马帝国有了一个更加清晰的印象。我呢,很高兴能跟你分享我学到的东西!另外,明天中午我们有亲戚要过来,但我应该可以在他们到达之前找时间拍摄几集节目。再见啦!☺

第三集

公民与奴隶

公民别来无恙呀！非公民也别来无恙！你问我在说什么？稍等，你马上就知道了！

今天，按照计划，我们会在茉莉亚家稍作休息，过一过安逸的生活。我这几天在意大利四处奔波，到现在脚还疼着呢！

"是谁自己想去爬罗马的 7 座山丘的？还有前天，是谁逛遍了那不勒斯的所有商店，就为了买一件足球运动服？"

"这叫**当务之急**，茉莉亚！"

"你说得对！现在也是一样，虽然我们还有一点儿时间，不过亲戚们很快就会来吃午饭了，所以我们的当务之急是要集中注意力拍摄。我们的节目可不叫'马克西姆传记'。☺"

"太可惜了，要不然这可能会成为一个很好的节目……"

不过确实，今天的主题可不是我。在讲述完罗马的起源以及罗马帝国的故事之后，我想跟你们谈谈生活在这片土地上的**罗马人**。"罗马人"听起来很拉风，对不对？不过，这个词有很多内涵！例如当时的人口由不同的阶层构成，如公民和外国人，以及奴隶！是的！我决定了，就从他们开始，这是他们应得的！

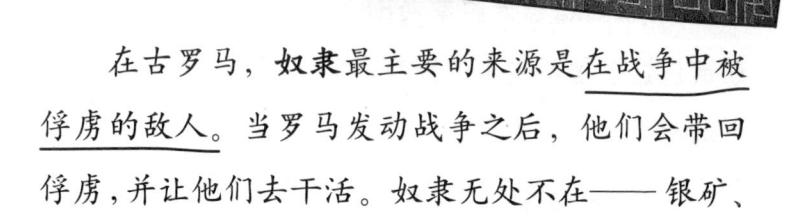

在古罗马，**奴隶**最主要的来源是在战争中被俘虏的敌人。当罗马发动战争之后，他们会带回俘虏，并让他们去干活。奴隶无处不在——银矿、大理石采石场、伐木场、在船上当桨手或者单纯地作为家里的奴仆。

因此,一个战败的高卢战士可能会被迫在一个富有的罗马庄园主的葡萄园里工作,或者直接被当作角斗士扔到竞技场上,在公众的掌声中厮杀。可想而知,这种被锁住的人生并不是一种值得羡慕的命运!

此外,对于罗马人来说,奴隶的地位跟一件物品一样。是的,你、茱莉亚或者我,如果我们是奴隶,我们可能会被人当成椅子或桌子随意对待!他们可以买卖我们,甚至把我们当作遗产留给下一代!你能想象吗?这简直太糟糕了!我觉得这实在是反人类!

不过,一些奴隶得益于自己拥有的技能,可能会得到比其他奴隶更好的待遇。举个不恰当的例子——医生!嗯,对!有些富有的罗马人会从外国购买医生作为自己的仆人。医生是很宝贵的，所以他们通常会受到妥善的照顾！

最幸运的奴隶（好吧，其实一切都是相对的☺）会充当家仆。他们负责打扫房子、做饭、替主人送信、买东西……其他人则只能<u>在矿山或采石场呼吸灰尘</u>，而且往往活不了多久。真可怕！

幸运的是，奴隶也有可能**恢复**自由，奴隶主也许会将自由还给他们。尽管罗马人对奴隶制司空见惯，但他们也知道每个人都喜欢自由自在的生活！一些奴隶主会出于善意将自由还给奴隶。如果是我，我就会这样做，我会买一些奴隶，然后马上将他们放掉！嗯，就这么办！但其他奴隶主并不像我一样有同情心，他们通常会把自由当作某种特定功劳的奖励。例如当一个罗马人在河边行走时不小心掉进水中，这时，他的奴隶跳进河中，救了他的性命。

他欠了自己的奴隶一条命，一个感恩的罗马人——而不是那些脑满肠肥、忘恩负义的人，会说："你救了我的命，我把你的命还给你，你自由了！"

如果他不这么说，我会马上把他重新丢到河里面去！哼！

茱莉亚，顺便问一句，奴隶会造反，对吧？

如果你像对待家具一样对待一个人，你能指望他乖乖听话吗？肯定不会！**有时，奴隶会逃跑，而当他们觉得真的走投无路时，也会站起来反抗他们的主人！**

最著名的例子是**斯巴达克斯**。他是一个角斗士奴隶，也就是说，他必须通过不断的战斗来取悦自己的主人。但他受够了，他鼓动其他奴隶一起造反！从**公元前73年到公元前71年**，他一呼百应，很多受尽压迫的奴隶都加入了他的行列。他们先是对付自己的守卫，然后又跟试图将他们重新变回奴隶的罗马军队战斗！

虽然斯巴达克斯一开始取得了一连串的胜利，但很快，他就受到了罗马军队的猛烈攻击。最后，克拉苏将军打败了他。即使被敌人重重包围，斯巴达克斯也拒绝投降！他战斗到生命的最后一刻，死时手上还握着武器。

为了以儆效尤，罗马人处决了成千上万的奴隶。但是榜样是杀不死的！斯巴达克斯成为了一个象征，他的事迹表明，即使一个人被剥夺了自由，他仍有需要捍卫的尊严。即使在今天，斯巴达克斯也是自由的象征，是那些宁愿自由地死去也不愿像奴隶一样苟活的人们的象征！

自由必胜！

在20世纪初的俄罗斯，在工厂劳作的工人们将斯巴达克斯视为自己的榜样。他的象征意义十分显著，人们就用他的名字给一个足球俱乐部命名，这就是莫斯科斯巴达克足球俱乐部！对，这就是它的来源！你看，马克西姆，我也懂足球。

"我明白了，茉莉亚！"

总之，奴隶总是处于被监视之中，因为奴隶主害怕他们会造反……他们对斯巴达克斯的起义仍心有余悸，时刻担心自己会被奴隶推翻！

奴隶之所以想重获自由，是因为就算你是外国人，你也可以在罗马帝国境内自由地生活。让我跟你介绍一下**自由民**。他们是谁？好吧，他们虽然不是真正的罗马公民，但也不是奴隶。例如在罗马新近征服的领土上生活着的和平部落，或者来自其他地方的旅行者，甚至是那些进入罗马帝国进行商贸活动的商人。

不过，成为自由民并不意味着拥有跟罗马公民一样的权利。稍后我会跟你解释罗马公民拥有的特权。

外国人可以享受的权利更少，还要缴纳更多的税款，而且总体而言，受到的待遇更差。例如一个自由民爱上了一个罗马女人，他们俩的爱情并不会有一个好下场——因为他们不能结婚！这也**太闹心了**!

就像我不能找5班的蕾雅玩,仅仅因为她在另一个班,而且……

"蕾雅?蕾雅是谁?"

"呃,嗯,谁都不是!茱莉亚,你一定是在做梦,我可什么都没说!"

"说起做梦,我想到一件有趣的事情。不知道是谁昨天在睡梦中喊了好几声蕾雅……"

"**你说什么呢?我们在拍摄,好吗?**来,让我们换个话题!我们在讲罗马公民,对吧?"

"好吧! ☺"

嗯嗯。总共有<u>两种不同类型的公民</u>,因为事情总是如此复杂。☺

首先是**拉丁公民**。他们比外国人拥有更多的权利,但他们并没有罗马公民那样的**终极**地位。好吧,话虽如此,所有的自由民和奴隶还是很羡慕他们!因为拉丁公民不仅受到罗马法的保护,还拥有一定的投票权,他们可以在某些选举中投票和参选，只不过有一些限制。例如并不是所有的公共职位都向拉丁公民开放。

🚫 我就介绍到这里吧，要不然我得给你们上一堂关于罗马法律的课，我怕你会打呼噜！ZZz

不管怎么样，长期以来，这一公民权主要与生活在拉丁姆平原的居民有关……是的，你们知道的，就是那个拉丁姆平原！它位于罗马周边，以前是拉丁同盟的领土。对，就是这里！随着时间的推移，罗马建立的其他殖民地的公民也获得了这一地位。

但是，所有人梦寐以求的身份是**罗马公民**。因为只有当你获得罗马公民权，你才拥有所有的权利和所有的特权！他就是你想象中的那个穿着托加长袍，行走在庞贝或罗马街道上的那个人！

但是，怎样才能获得这种人人都想要的 ☆ **超级公民权** ☆ 呢？

首先，罗马公民身份就像法国公民身份一样，你可以在出生时就获得，也可以在之后获得。而且它还有很多好处。

第一个好处！

"不要喊，我们都听得到！"
"好吧，但这样更清楚，对吧！"

嗯，**第一个好处！** 与拉丁公民不同，罗马公民有权参加任何可能的选举，既有**投票权**，也有**被投票权**！虽然说现在看起来很理所当然，但在当时，并不是所有人都能投票。投票就是做出决定，因此，拥有投票权就等于拥有权力！所以，在任何一个时代，无论男女，人们都对投票权感兴趣。虽然说，在法国，女性获得投票权的时间远远晚于男性，不过，其他地方也差不多吧！

茱莉亚，顺便问一句，古罗马的女性公民是否享有与男性公民相同的特权？

没有！马克西姆，你看，当时妇女享有的权利与我们今天所知道的有很大的区别。**她们没有被视为与男性平等的公民。**例如她们没有投票权！有点像今天的未成年人——权利较少，且由父亲或丈夫负责监护。这并不符合女权主义！

我亲爱的马克西姆，这样的状况持续了很长时间。例如在法国，在罗马帝国结束一千多年之后的 1944 年，女性才终于获得了选举权。是的，距今甚至还不到一个世纪！

不过，这一次轮到我停下来了，要是开始跟你谈论妇女权利，我可得说上好几个小时！

第二个好处！ 罗马公民有一项特权，当发生战争时，只有他们才可以**作为军团士兵前往战场**。什么意思呢？很简单，作为军团士兵，他们的薪水比其他人更高，装备也更好！当遇到敌人时，装备的好坏往往可以决定一个人的生死！

☠ 非公民的薪水较低，装备也要差一些。他们主要充当辅助部队，享受的特权也更少……要知道，在古罗马，即使在战场上，人与人也不是平等的！

第三个好处！只有拥有罗马公民身份才能**成为政务官和祭司**。要知道，这些职位代表着权力。担任政务官可以有很多好处……另外，在古罗马这样的宗教社会，成为祭司是非常有利可图的！这是一个具有象征意义的职位，因为能与众神交流的人必然会拥有超强的影响力……例如在确定能否建设一座新的城市时，你肯定不会想惹恼一位占卜官！

第四个好处！是的，还有一个！他们**有财产所有权**！这可**意义重大**！好吧，请你想象一下，如果我是罗马公民，而你不是，你不能买房子，因为你没有财产所有权，但我可以！所以我会把我的房子租给你，这就意味着你必须付钱给我才能住在那里。这样一来，我不仅可以发财，而且我的子孙后代也可以继承我的房子，然后继续向你的子孙后代收租金！

你说这不公平？呃……当然啦，一点儿都不公平！另外，这意味着我的家庭会一代比一代富有。 然而……你的家庭则不太可能，毕竟你的后代没有什么可以继承的东西！

当然，成为一个罗马公民还有很多理由，所以为了避免我们在这个话题上花掉一整天的时间，我决定介绍最后一个好处（当然除此之外还有很多）——罗马公民**有结婚的权利**！ 是的，在这个时代，结婚也不是自由的，你并不能想嫁给谁就嫁给谁，只有罗马公民才有权利结婚！当然，公民可以选择与非公民在一起，但在这种情况下，从法律上来讲，这并不能算作一场婚姻，只能算作一对！有什么区别？婚姻是一种官方行为，它允许拥有罗马公民身份的男性和女性生下来的孩子也获得罗马公民的身份，并且拥有继承权，诸如此类。

此外，请注意，虽然当时人们可能是为了金钱、土地或者家庭之间的联盟才结婚，但这并不意味着爱情不是其中的一个因素！

♡ 简单地说，罗马人之间的婚姻通常都具有战略意义。对于女性来说，这并不是一件容易接受的事，因为即使她们在法律上是公民，但一旦结婚,就意味着她们从服从父亲的权威变成了服从丈夫的权威……正如你所说的,茉莉亚,这简直**糟糕透顶**。不过,罗马女性也明白,虽然在法律上她们与男性享有的权力有差别,但这并不妨碍她们影响男性。奥古斯都国王的妻子**莉维亚·德鲁西拉·奥古斯塔**可能是罗马帝国最有权势的女性之一,因为她仅凭几句话就能将整个政坛引向正确的方向。哦耶!

好的，让我们回到关于罗马公民的婚姻这个话题。首先，你怎么才能知道你面前这个美丽或帅气、聪明有趣的人是否拥有罗马公民身份呢？当然，你肯定不能直接问他（她）："喂，你是什么身份？我想邀请你参加我的生日聚会！"方法很简单，看看有谁穿托加，只有罗马公民才有穿托加的权力！

不过，这个技巧并非万无一失，罗马公民也不是常年穿托加。女士们，先生们，让我们一起上一堂**古罗马时尚课**吧！

这是一条罗马女性穿的**内长衣**。你觉得怎么样？便宜的内长衣使用的是粗羊毛材质，至于像你这样的时髦女士，得用从国外进口的珍贵面料！等等，我还没介绍完呢！在这件内长衣外面再套上一件上衣怎么样？看，这是一种名叫**斯托拉**的外衣，你可以将它系在腰间，会让你拥有一种独特的风格哦！对了，你还可以在上面加些刺绣做点缀！

斯托拉通常会搭配一种叫作**帕拉**的斗篷，它可以用来当外套，为你增添一抹神圣的优雅气息。

"听起来你像一个真正的时装设计师！什么时候走秀呀，马克西姆？"

"哈哈，你终于承认我是一个天才了！"

对罗马男人来说，日常的衣服也是内长衣，它的质量好坏取决于你是一个穷人还是富人。

对于这些先生们和女士们，在不同的季节，他们会选择穿不同的衣服，有时长，有时短，有时穿斗篷，有时不穿。斗篷通常充当**外套**。另外，珠宝也很受欢迎！在内长衣上，或者在脖子上挂一颗小宝石、戴上一串珍珠，总是能凸显别样的气质！

别忘了再穿上一双鞋。我们可不是像皮克特人那样的野蛮人，我们穿衣总是穿全套。**凉鞋**非常经典，但封闭式的皮鞋也已经存在，比如可以给脚提供完美保护的**高底礼仪鞋**。更何况冬天总不能穿凉鞋吧!

简而言之,只需要看一眼,你就能分辨出穿着邋遢宽松的内长衣的奴隶、穿着华丽衣服的商人,以及穿着托加的罗马公民!

但还有一个更简单的方法可以确定某人是否拥有令人垂涎的公民身份——你只需询问他们的名字。

因为,**只有公民才有拥有姓氏的权利**!你相信吗?而且这还不够,他们甚至有三个名字,即所谓的**三名法**!这意味着你有一个名字,即 praenomen,还有一个用来确定你属于哪个家族的姓氏,即 nomen,还有一个绰号,即 cognomen,它是你或者你祖先获得的一个别名。

"马克西姆,我觉得你举个例子可能会说得更清楚!"

"啊,你说的没错!马格努斯就是一个经典的例子。

作为一个绰号，它的意思是'伟大的'。但有时候，一个人的绰号也可能**很烂**。你认识古罗马政治家**西塞罗**吗？他的名字来源于他的绰号，而这个名字的意思是"鹰嘴豆"！因为他的一个祖先长了一个鹰嘴豆形状的肉瘤！你能想象得到吗？"

茱莉亚，顺便问一句，你能举一个罗马全名的例子吗？

可以的，马克西姆！让我们先看男孩怎么取名。首先，他需要一个名字。常见的做法是给自己的孩子取一个已经在自己家族出现过的名字。比方说，你的祖父叫盖乌斯，为了纪念他，我们也可以叫你盖乌斯！然后，假设你和西塞罗一样来自图利乌斯家族，那么你的姓就是图利乌斯。接着，你需要一个小绰号。好吧，如果你的家族以坚如磐石（石头是 petra，即佩特拉）著称，那么你的全名将是：

盖乌斯·图利乌斯·佩特拉

如果是女孩呢？一样的道理，但你必须使用像阿庇娅或宝拉这样的女性名字。接下来也是同样的逻辑。她是不是来自弗拉维乌斯家族？她的祖先是奴隶吗？在这种情况下，她肯定会使用像塞尔维利乌斯（Servilius，意思是"奴隶"）这样的绰号！

嘿，顺便说一句，马克西姆，看看你的四周，**就算到了今天，名字和姓氏也是有意义的！**马克西姆（Maxime）源自拉丁语单词马克西姆斯（maximus），意思是"最大的"。好吧，他们一定搞错了，因为对我来说，你永远是我的"小马克西姆"！

"嗯，就像中学时别人给你取的烂绰号陪你走过了一生！"

"**这可不是什么好事！**所以最好自己有选择的权力。我决定了，我以后就叫马克西姆·马丁·超级酷。别笑了，茉莉亚！该死，先听我解释！"

是的，好吧，我是很爱说话。不过，我们别忘了，罗马公民也有义务。这也挺好，在拥有这么多特权的情况下，可不能让他们整天闲着没事做，就知道把玩自己的大拇指！

第一项义务，他们必须定期接受统计调查。只有这样，才能知道有多少罗马公民，他们有多少财产，以及，在发生战争的时候，应当动员谁。比如说，如果有野蛮人威胁你的城市，你只要在调查表上扫一眼就知道，有多少公民可以充实军营，组成军团。如果没有统计调查，你将不得不花费大量的时间敲开大家的门，一家一户地统计，这样一来，野蛮人很可能有20次机会来打断你的鼻子，抢走你的托加，然后把它制成一张床单！

第二项义务令他们唯恐避之不及，也就是缴纳税收。这既是支援战争的一种方式，也是参与和平生活的一种责任。

如果说罗马公民拥有财产权、贸易权和继承权，那么对他们征税就一点儿都不过分！ 而且，在那个时候，罗马公民就已经在想方设法隐藏自己的财富，以便偷税漏税。真是不老实！

是的！在罗马人中，已经有一些聪明的家伙试图通过规避法律或改变法律来满足自己的利益。有了，你知道吗？这将是我下一个视频的**完美**主题！

"什么？如何耍小聪明吗？不愧是你！"

"哈，不是的！我要谈谈罗马的政治。等着瞧吧，'无所不知'小姐，你肯定会感兴趣的！哈哈，我想到你的绰号了，你的全名是茱莉亚·马提尼·无所不知！"

第四集

罗马政治入门

别来无恙,别来无恙!

如果你按顺序观看我的视频,你就会知道,我们今天的拍摄时间不多——在亲戚们来吃午饭之前,我们还有 30 分钟!🕐 所以让我们来挑战一下,在这么短的时间内跟你聊聊罗马的政治。这只是一个入门级的视频,不会很复杂!

"我太吃惊了,你竟然会对政治感兴趣!"

"好吧,谢谢你,茱莉亚!你的语气让人觉

得我好像是一个很无知的人！当然，和你比起来，我还有很多东西要学，不过我知道的也不少。

昨天，我在去罗马的路上查了很多资料。☺"

"嗯，嗯，真厉害！"

听起来很愚蠢，不过，即使我不喜欢政客们在电视上的高谈阔论，我还是觉得罗马的政治很有趣！它充斥着关于权力与阴谋、战争与和平，以及英雄与叛徒的故事！我从这些故事里学到了**很多**东西！

嘿，你知道吗？罗马曾经有过国王！啊，你很疑惑？对你来说，君主制就是中世纪、城堡和王座……你觉得这些都是凭空出现的吗？这就是问题的关键！事实上，当我们谈论罗马的时候，我们总是会联想到《高卢英雄历险记》中的入侵者——一个由尤利乌斯·恺撒这样的皇帝领导的帝国，但这

只是古罗马历史的冰山一角而已。

我马上就把罗马政治发展的路线图给你，这样你就不会迷路了。罗马的历史分为三个主要的阶段：

君主制

共和制

帝制

"剧透！"

"这是为了让大家更清楚！好，现在让我们回溯过往，嗖——**时间穿越**！"

你还记得我跟你介绍过罗马是怎么建立的吗？或许你以为事情是这样的——在罗穆路斯建立了罗马之后，他就对自己说："好吧，现在让别人来统治这个地方吧！"才不是呢！他马上就任命自己为这座城市的首领，从此以后，他被认为是罗马的第一位国王，是这座城市及其领土的主人。

那么，我们对这些早期的罗马国王了解多少呢？

首先，你可能会感到惊讶，不过国王并不能单独决定所有的事情！有一个叫作元老院的机构帮助国王做决定，从而限制他的权力。这能有效避免国王为了满足个人私欲而肆意妄为！当然，理论上是这样。但是，元老院议员并不是选举产生的，而是国王任命的。而显而易见，国王会选择那些听话的人，你可以想象！只不过议员们并不总是像他们的君主所希望的那样驯服，既然他们的工作是发表意见，那就得尽忠职守，不是吗？如果国王不听他们的

话，他们也不会客气!

对议员们的意见视而不见会降低国王的人气，因为议员的职责就是提出建议并限制国王的权力。但一个国王最不能让人忍受的行为是违背神的旨意！因为君主是宗教领袖，受到神明的祝福，需要执行神明的意志。如果他与祭司闹矛盾或者攻击宗教组织，事情就会变得不可收拾！

茱莉亚，顺便问一句，国王有王冠吗？

当然啦，马克西姆！**他不仅有王冠，还有王座和权杖！** 近代的国王们并没有什么新发明。另外，不要把王座想象成一把纯金的大扶手椅，也不要把王冠想象成一项巨大的帽子，更不要把权杖想象为一根巨大的棍子……在当时，虽然王冠是金子做的，但并不像电影中那么大；王座只是一个小座位，即象牙椅；权杖上则装饰有一只鹰，象征着王室，这个标志已经传承了千年！

但最重要的元素是**国王的紫色托加**。紫色是王室的颜色，代表着权力，只有掌权者才有资格穿！在君主制消亡之后，凯旋将军们也有权穿着这种颜色的托加，这是一种崇高的荣誉！好吧，如今，我们更喜欢将象征着荣誉的奖杯或者奖牌带回家珍藏，但在当时，在众人的簇拥下穿着紫色托加游街才是人们的**终极**梦想！

考古学家和历史学家仍在就上述问题的细节展开激烈的讨论，因为关于这一时期的考古发现仍在继续。而且，罗马下面还埋藏着很多秘密，等待着我们去发掘。**啊**，光是想到这点就让我激动得起鸡皮疙瘩了！

不管怎么样，我们知道君主制是如何转变为共和制的。这主要是因为最后一位国王的**倒行逆施**！他叫卢基乌斯·塔奎尼乌斯·苏培布斯，也被称为"暴君"。在一个阳光明媚的早晨，他向众人宣布，他厌倦了元老院在自己耳边喋喋不休，从那一天起，他将独揽大权。这让罗马元老院议员和人民怒不可遏！

暴戾、傲慢的塔奎尼乌斯自信满满，完全没有听到起义的号角正隆隆作响……**公元前509年**，他被罗马人赶出了罗马！塔奎尼乌斯不打算认输，他赶忙向邻国求助，计划以武力夺回这座城市！但他并没有得到命运女神的眷顾，屡战屡败，一败涂地。

从这一刻起，罗马属于它的平民、它的公民、它的政务官和它的议员，这就是罗马共和国的开始！就像法兰西共和国一样，只不过当时没有总统。以元老院为代表的议会才是权力机构！

诚然，这并不是一个人人平等的共和国。我们已经介绍过罗马人的不同阶级，即使罗马公民（他们已经拥有很多特权了）也是有高低贵贱之分的。比如说，一个有钱、有教养的人和卖鸡肉的小商贩，虽然他们同是罗马公民，但地位却有着天壤之别。是啊，这也太不公平了！但当时就是这样的情况！就像在法国，如果没有1789年的大革命，情况也差不多。

"我发现你现在很叛逆呀，马克西姆！"
"请叫我斯巴达西姆，或者马克达克斯！"
"哈哈，听起来有点像墨西哥的马克塔可饼！"
"呃，那算了吧！"

回归正题。罗马共和国的公民分为两类。
首先是**贵族**！传说他们是在罗马定居的第一

批家族的后裔。而且，通常情况下，他们来自元老院议员世家，因为国王不会从劳动者中挑选议员。正好相反，国王需要受过良好教育的顾问，最好是来自拥有庞大的人脉网络的大家族！所以，贵族通常是富裕阶层，他们有文化、有影响力，而且担任重要职位。可以说，既然现在已经没有皇帝了，罗马就变成了贵族们的天下！

然后是**平民**！简而言之，平民就是除贵族以外的其他罗马公民。他们通常对现状不满！好吧，确实，看到贵族们掌权并且决定自己的命运是有点**超级**不公平！所以，在整个罗马历史上，他们总是大声疾呼，甚至起义和暴动，不止一次地提醒贵族，不要忽视平民的意愿！

举一个例子。在共和国成立初期，罗马的法律还是不成文法，也就是口头上的法律！贵族会在口头上告诉平民他们有权做什么或者不能做什么，而平民则需要服从贵族对法律的解释！你敢想象吗？贵族欺骗平民的情况自然屡见不鲜。于是，平民多次反抗，并要求将法律写下来，只有这样才能避免无谓的口舌之争，每个人都能清楚明白地知道他们的权利和义务!

另外，平民们也相当狡猾。平日里贵族常常会拒绝平民的各种要求，但一旦战争来临，平民们就会利用这个机会强调自己的主张。比如，他们会趁机跟贵族们说："你们知道吗？我们才是罗马军队的主体，所以如果你们让我们不高兴，我们就不会投入战斗！"这种方式效果还挺不错！因为，如果没有军队，贵族们就不能保护这个全新的美丽共和国，而正是共和国的存在才让他们有了掌权的可能。好吧，是的，这跟敲诈没什么两样，但是它确实有用！

为了维持这个小小的共和国的运转，古罗马也有很多机构和组织。是的，我知道这听起来有点无聊，不过你难道不想知道是谁在掌握着权力吗？如果你突然发现自己穿越到了过去，行走在古罗马城中，如果你不想惹麻烦，最好知道谁的凉鞋不能踩！

首先，最主要的机构是元老院！你应该已经知道了，元老院的出现可以追溯到罗马的君主制时期。现在，元老院议员们很高兴他们上面再也没有一位国王了。在尤利乌斯·恺撒统治期间，元老院有多达900名议员。他们在开会时会通过举手表决、大声喊出自己的投票或者排在提出某项议案（比如说提高税收）的议员身后等方式进

行投票。元老院是罗马共和国的心脏。

不过，除了元老院，还有其他的议会也能在他们的职权范围内做出自己的决定。例如，平民就有自己的议会，而贵族无权参加。🚫 这样一来，平民就能组织起来捍卫自己的利益，而且是从官方层面！在这个**平民会议**中，平民可以投票通过一项名为全民表决的决议或法案。起初，全民表决通过的法案只适用于平民，但从**公元前286年**起，它们开始对所有罗马公民适用，不管是贵族还是平民！请注意，平民会议并不是一个无足轻重的机构，在处理议题方面，它与元老院一样重要！例如，谁能成为罗马公民？应该将罗马公民权给所有居民吗？如何对待被征服的民族？另外，难道我们不能重新审议决定谁可以嫁给谁的法律吗？难道不能以一种更好的方式分配新征服的土地吗？还有，老实说，我们可不可以禁止餐厅卖西蓝花呀？这才是真正对人民有益的议题！跟我一起呼吁：平民想吃炸薯条！平民要吃炸薯条！

除元老院和平民会议之外，罗马还有其他机构。因为通过法律并不意味着万事大吉！法律通过之后，还需要有人来执行。罗马人有一个非常简单的想法——将执行法律的任务分配给多个人，这样就能避免权利集中在一个人手中。这些人叫政务官，通常由选举产生。在古罗马，有很多不同类型的**政务官**！

茱莉亚，顺便问一句，你能举一个政务官的例子吗？

当然可以！首先是**财务官**。他们主要负责财政事务，不过一开始他们也负责法务工作，即刑事案件！他们需要确保案件的调查顺利进行。例如，他们可以调查一下这个神秘案件——昨晚是谁偷走了最后一块比萨？嗯？马克西姆，你不知道吗？真奇怪……☺

另外，**执事官**负责管理军队。就算在和平时期，管理军队也不是一件容易的事！执事官需要安置士兵、提供给养和支付薪酬，还要检查防卫体系是否一切正常……简而言之，执事官需要确保帝国的战争机器随时处于战备状态！

当国家处于紧急状态时，共和国就会任命一位**独裁官**！在为期六个月的时间内，独裁官将拥有超越一切的绝对权力，以便能尽快应对危机。独裁官也是今天我们所说的独裁者一词的来源，意思是在一个国家中独揽大权之人，而且通常他们会拒绝将手中的权力还给国家！

对，随着时间的流逝，罗马元老院议员们发现他们面临着政治强人们的挑战。富有且有影响力的**尤利乌斯·恺撒**就是一个很好的例子。在率领罗马军队征服高卢之后，他更是荣誉满身！恺撒的强势让元老院议员们感到很恐惧，而且他还击败了所有敢于与他作对的人，权势与日俱增！更何况，在不久之后，他就会被任命为独裁官！就这样，他大权独揽！**哈哈哈哈**！啊，咳咳，对不起。

"你是不是被恺撒的权势感染到了，有点得意忘形了？"

"才没有呢，茉莉亚！我才不会犯这样的错误呢，我知道尤利乌斯·恺撒的下场并不好……"

"哦，这样呀！"

事实上，面对权势滔天的恺撒，元老院议员都吓坏了。恺撒的敌人们聚集在一起，**公元前44年**，他们在一场元老院的会议上**暗杀**了他！

当时的场景血腥至极。恺撒毫无察觉地来到元老院参加会议，甚至当暗杀者们试图引开他的随行者时他也毫不怀疑。就这样，孤身一人的恺撒被23名议员包围在中间，他们纷纷拔出武器刺向他！他走投无路了！更让他难以接受的是，最后一击来自布鲁图斯，一个他深信不疑的人。在倒地之前，恺撒看到身处敌人之中的布鲁图斯，只来得及说一句话：

> 还有你，我的儿子！

文森佐·卡穆奇尼（Vincenzo Camuccini）的《恺撒之死》

你能想象这是何等的绝望吗？

恺撒死后，刺客们纷纷逃跑。元老院空无一人。直到当天晚上，恺撒的尸体还留在原地！

我早就说过，罗马的政治比电视剧更精彩！

值得庆幸的是，恺撒已经在遗嘱中指定了继承人——他的养子**屋大维**。这个少年被所有人低估，但他决心为自己的养父报仇。为了实现自己的目标，他结交盟友，争取人民和军队的支持，并成功夺取了罗马的权力！我所说的"权力"实际上是指"所有的权力"！他几乎将元老院的权力剥夺殆尽。而当元老院没有了实权，所有的权力都集中在一个人手中时，罗马就不能再被称为一个共和国了。事实上，罗马帝国就这样诞生了！

屋大维成了罗马帝国的第一位皇帝，并以奥古斯都的名义统治这个辉煌的帝国！奥古斯都，或者拉丁语的 Augustus，意思是"神圣伟大的"——既然变成了领导者，就要有一个与之相称的名字！对于皇帝来说，大势已定——虽然元老院还存在，但现在又有了一位新的超级领袖！而他，才是真正的老板……

就这样，共和国的时代一去不复返。随着时间的推移，皇帝们相继掌权。在战争的影响下，罗马帝国的疆域时而扩大，时而缩小，直到**公元476年**罗马城被蛮族占领。这就是我们所熟知的罗马帝国的**终结**，

以及中世纪的开始！

你看，古罗马的政治并没有那么复杂——先是王国，然后是共和国，最后是帝国！事实上，罗马的政治斗争比《权力的游戏》①更精彩，有权谋家，也有勾心斗角，还有谎言……老实说，罗

---

① 美国的一部中世纪奇幻史诗剧情类型的电视连续剧。

马的政治斗争史完全可以制作成一部精彩纷呈的电视剧!

"嘿,顺便问一句,茱莉亚,是不是已经有一部关于罗马历史的电视剧了?或者应该有很多部了吧?拍摄关于罗马历史的视频是挺有趣的,不过能观看别人拍摄的电视剧也不错嘛!☺"

"嗯,让我们问问我表姐马尔齐亚吧,她是古罗马专家,而且中午也会过来吃饭。我敢肯定她能给你提一些不错的建议☺。正好,我们差不多要吃饭了!让我们收拾收拾,去吃饭吧!"

"完美!你看,一切都按部就班!"

那么,我祝你也能有一个好胃口。日安!让我们下集再见!

第五集

罗马城市

哇！今天中午我们吃的这家比萨店可真**带劲**！你知道真正的那不勒斯比萨长什么样子吗？它的边缘很厚！因为我不是经常吃，所以别人听我这么说的时候都纷纷嘲笑我没见过**世面**！总之，在迷上了古罗马历史之后，我又对比萨产生了兴趣，忍不住想做一档美食节目……不过，我得先一心一意地完成手头的事情。今天，我找到了一个非常具体的切入口，而且……哎呀，我还没有打招呼！别来无恙呀！

言归正传。之前我们从一个很宏观的角度介

绍了古罗马广袤的领土，并从很高的地方俯瞰了它的边界，在这一集中，我想将目光聚焦到一处，对，就是这样，范围再小一点！不，茉莉亚，我没说你！啊！别再推近镜头了，大家都能看到我衣服上的扣子了！这样就可以了！

"哦，对不起！ 😊 现在好了，应该可以了！等等，你得自己弄了，爷爷奶奶们在等我下棋。有事叫我！"

"你放心，我有把握！如果不行的话，我们的特别嘉宾可以帮我！"

让我接着介绍：亲爱的观众，女士们，先生们，今天我要向大家介绍<u>一座典型的罗马城市</u>。我将告诉你它如何运作，里面都有什么……你可能想象不到，其实古罗马的城市跟我们现在的城市有很多共同点，它们都有卖东西的商店，可以跟朋友们一起逛的时尚场所，以及人行道！好吧，虽然他们没有汽车，但是当时已经有四轮货车了。不过，你马上就会知道，古罗马城市也会有很多不同于现代城市的地方！集中注意力，我会为你一一介绍!现在,请允许我向你介绍茱莉亚的表姐,马尔齐亚!嗯,我表姐的表姐!或者表表姐?

"大家好!"

马尔齐亚比茱莉亚大一点,她已经做了好几年考古学家了,**真厉害**!当我向她解释说我想谈谈罗马城市,但我实在没有时间做研究时,她主动提出来要帮助我。表表姐人太好了!☺

"幸好我在法国读过书,不怕在镜头面前说法语!"
"是的!再次谢谢你抽时间帮我!"

好的,现在已经是下午了,我们还有**很多**东西要向大家介绍,让我们正式开始吧!马尔齐亚,想象一个这样的场景——我是一个罗马人,被派去**建设一座全新的城市**。我已经确定了一个完美的选址,这里有一座小山,可以居高远望,并及时发现来袭击的敌人；另外，这里还有一条河流，既可以为城市提供水源，还兼具航运的功能；最后，附近还有肥沃的土地……简直十全十美！那么现在我该怎么做？我是不是要先建一个小屋，然后就这样等着？

神呐！房屋之神，请问我可以在这里建一栋小屋吗？

"并不是这样！在古罗马，在建城之前，首先要征得众神的同意。当然，神灵有很多种，不过，你并不需要直接跟神灵打交道，只需要询问占卜官的意见即可！占卜官是当时的祭司，他可以通过解读自然现象来了解神灵的意志。例如，他会先研究鸟类的飞行轨迹或者歌声,然后告诉你:'是的，我认为朱庇特和墨丘利同意了你的请求！'"

咔嚓！

哼,坏人！

"哇！那我就去建城啦！如果神灵不同意，那我只能换个地方了，因为没有一个罗马人会违背神的意志，在一个被诅咒的地方定居！"

另外，以后我还会专门介绍罗马众神，因为实在太有趣了！现在，让我们继续介绍罗马城市。

"现在，你得叫**土地测量员**（拉丁语：agrimensor）过来。你可能会问：'他们又是谁？'顾名思义，他们是测量员，是测量领域的专家！他们将为你绘制出城市的两条主轴线，一条为南北走向，名叫**卡多**，即 cardo（意思是轴线），另一条为东西走向，名叫德库马努斯，即 decumanus（目前我们尚不知道这一单词的来源和确切含义）。"

"对了，马尔齐亚，罗马人有合适的工具来完成这项工作吗？"

"当然有啦，他们可不是在盲目干活！土地测量员用来确定城市轮廓的主要工具是一种叫作**格罗马仪**（拉丁语：groma）的瞄准杆。这是一种直立的勘测仪器，形似角尺，上面挂有铅垂线以确定是否垂直。通过这个工具，你可以很轻松地将街道绘制得横平竖

直。真聪明!

两条主干道画出来之后,接下来要做的就是确定它们的起始点。你可以使用犁在地面上犁出城市的边界。但请注意,每次穿过主干道的时候,你都需要停止犁地。为什么呢?因为犁沟与主干道交汇处,将是城市的大门!人们只能从大门出入。"

"犁沟以内的范围就是罗马人所说的**界限**(拉丁语为 pomerium)。**城市**及其**领土**之间的这个分界线是神圣的,必须严格遵守其划定的范围!它确定了城市的空间范围,以及城市相对于其附属领土的权威地位。界限内的一切属民事权力管辖,界限外则由军事权力负责。这是有意义的!因为军队有义务待在城外,不能进入城内发动政变!当然,你也可以想象得到,这种事情不能完全避免。例如,**公元前82年**,位高权重的罗马将军和政治家**苏拉**就带着他的军队进入了罗马城内,并夺取了政权。"

"其实,最让当时的人们震惊的不是军队带来的暴力,而是苏拉带兵入城这件事侵犯了神圣的罗马城界限!在古罗马,进入城市是需要许可的!

好了,现在你已经画出了界限,也有了东西向和南北向的两条主干道。看上去真不错,不过,你的城市里还只有两条街道,似乎有点太少了,不是吗?你还得沿着主干道绘制相互垂直的笔直街道,以便使你

的城市平面图能够尽可能清晰明了！一点都不像充斥着乱糟糟的集市的中世纪城镇，对不对？这么说吧，如果你要建立一座全新的城市，最好一开始就将它设计得井然有序。"

"明白了！顺便说一句，谈到罗马城市的布局，每个城市都有一些必不可少的建筑物或者场所！我会接在马尔齐亚后面继续介绍，因为我在去庞贝古城的时候学到了很多知识！如果我说得不对，请纠正我，马尔齐亚！"

罗马城市中最重要的地方就是**广场**。

庞贝古城的广场

在广场上的我！

它建在两条主干道的交汇处，拥有无可比拟的重要性！人们可以在这里会面、交谈、辩论，以及获取新闻……

对于今天的你来说，这是一件很容易的事情。你只需要打开电视、电脑或者手机，就能知道世界上正在发生的事情。但是古罗马人呢？他们没有如今的这些便利设施，为了获取信息，他们通常会去城市的广场，那是一个与朋友聊天的绝佳场所！如果你愿意，也可以把它称作社交网络的伟大先驱！另外，如今那些提供在线讨论的网站也被称作论坛，而这个词就来源于古罗马的广场！☺

身处一个真正的古罗马广场是一种怎样的体验？想象一下，你来到了一个拥挤的大广场。有人在高声宣读最新的新闻，广场上放着写满了各

> 不管是在网络上，还是在一座古罗马城市，上最重要的规则就是要讲礼貌……

种信息的布告牌，你碰到了正在购物的朋友，然后你们开始聊天……时不时还有商贩向你推销凉鞋、珠宝和其他商品。当然，广场上最不缺的就是谣言和八卦！例如，你知道是谁在西班牙语考试中帮蕾雅作弊吗？呃，咳咳。

> 嘿嘿嘿嘿！

> 什么，蕾雅作弊了？

不对不对，这只是一个用来描述广场的例子！总之，作为城市中心的广场已经建好了，现在要做的就是围绕着它来建设我的新城市！

比如说，我们可以从一座**神庙**开始！罗马人信仰多神教，需要有一个场所能够用来进行祈祷和祭祀之类的宗教活动。

然后，城市还需要进行必要的政治活动，如辩论和

庞贝古城的巴西利卡

投票……我不会因为下雨而取消选举!所以我要建造……一座大教堂!你知道庞贝古城是现存最古老的教堂吗?它的历史可以追溯到公元前2世纪。一开始,巴西利卡跟宗教并无关系。因为它是一个封闭的场所,所以罗马人既可以在这里避风挡雨,也可以讨论各种议题,并进行行政和法律诉讼方面的活动,例如召集法庭审判行为不端的公民!是的,当时就已经有犯罪行为了!人们可不会等到手机被发明出来之后再去偷邻居的东西!谋杀和盗窃是常见的犯罪类型,但腐败也已经存在,并且会受到法律的惩处!处罚的程度由轻到重,从简单的罚款到死刑都有;有时,罪犯也可能会被流放。哦,还有,当时已经有律师和陪审员了!之所以和现在很像,是因为我们的法律中有很大一部分继承自罗马法!好吧,我可不想到法庭上亲自验证……法官大人，我不想进监狱！

让我们回到正题，继续介绍我们的城市！

巴西利卡可以作为市议会的活动场所，民选的议员们会在这里制定城市的法律。除此之外，它也经常被用于其他活动的场所。考虑到这一点，我会再单独建一栋**议事堂**，即所谓的 curia，这样议员们就能安静地开会了，而不需要一直待在闹哄哄的巴西利卡！

让我们再看看现在还缺什么？哦，对了，还有**商店**！

我们已经介绍过罗马城市中的广场可以用作聚会场所，但它也有经济功能。甚至，在最开始的时候，广场就是一个做生意的地方。因为罗马人经常来这里买卖商品，所以它演变成了一个中央广场！不过，罗马人跟我们差不多，都喜欢到处买东西，所以除

罗马的元老院议事堂

了广场之外，到处都有商店！罗马人可以在鳞次栉比的商店中找到自己喜欢的衣服、珠宝和其他商品！

"当然，这些不过都是我在庞贝古城的说明牌上看到的信息。马尔齐亚，别的地方也是这样吗？"

"哦，不是的，马克西姆！古罗马有很长的历史，跨越了几个世纪。跟其他地方一样，随着时间的推移，事情会发生变化！比如说，1720年的城市和2020年的城市看上去会一样吗？当然不会！同样的道理，在罗马，越往后走，事情就会愈发的不同！

举个例子，在公元1世纪以前，庞贝的广场周围还都是商店！后来，庞贝的居民们决定用纪念碑来代替商店，以纪念这座城市的杰出公民。

就像我们一样，罗马人会毫不犹豫地翻新或者重建他们的城市。有的时候，他们甚至会将地面上的建筑物夷为平地，然后再重建！

因此，我们常常会发现，一处古代遗迹下面还埋藏着其他更古老的遗迹！这是考古学家和历史学家的金矿！"

"比如说你！"😊

让我们再看看……我想我已经成功了，我的居民有地方可以买东西，有地方可以获取信息，有地方可以投票，还有地方可以见面，看上去万事俱备了。**哦**，对了！**咳咳**，我们还没有为他们建造房屋！顺便说一句，我后面会专门做一集视频来介绍罗马的住宅！对，我说的就是供人居住的房屋。你可能不知道，由于城市空间有限，罗马人已经开始建造大楼了！

你不相信？但事实就是如此！这种多层公寓被称为**因苏拉**（拉丁语：insula，复数为 insulae）。它不用占据过多的地面面积，就能为很多人提供居住的空间。

"你想听一个小故事吗，马克西姆？因苏拉当然是一个绝妙的发明，但随着时间的推移，人们在上面加盖了更多的楼层，直到这些建筑成为真正的

危险!

虽然罗马人擅长建筑，但他们并没有我们现在所拥有的现代材料，因此，在罗马，建筑物倒塌的情况时有发生！哎哟！还好,只要你不是疯狂加盖很多层,因苏拉还是很实用的,价格也不贵。而且你住得越高,租金就越便宜！你能想到这是为什么吗？"

"啊，我在查资料的时候看到过 这个信息！"

你确定支撑得住吗？

别担心,没事的!

底下还好吗？

呃，弟兄们,你们实在太重了！

高层之所以会更便宜，是因为当时还没有电梯！而且也没有能够将水输送到顶楼的管道！你住得越高，下楼梯散步或购物就越麻烦，所以这些公寓就越便宜！虽然说顶层的视野开阔，景色很好，但一想到你要费劲力气将满满的水桶运到楼上时，你肯定会更希望住在底层！

说到水，我的居民们还需要洗澡的地方！我

最好给他们建一个**公共浴场**。它就像一个大澡堂，人们可以在那里洗澡、会面、交谈，以及放松休闲。我的人民真的很需要一个这样的地方，因为古代的生活并不轻松，娱乐也不像今天那样唾手可得。古人可不像我们一样，可以把自己锁在家里看连续剧、听音乐或者躺在床上阅读各种各样的书籍。因此，公共浴场是休闲娱乐的**好去处**，你可以在这里跟朋友们一起泡个热水澡，洗去疲惫，放松身心，同时畅所欲言！跟大家介绍一个趣味小知识，有史以来最大的公共浴场是位于罗马的戴克里先浴场，于**公元 306 年**落成。

昨天我们在罗马参观了这个大浴场，真是令人印象深刻！你知道吗，这个浴场最多可

以容纳 3000 人！你能想象和 3000 个人一起洗澡吗？好吧，对于罗马人来说，这很正常！来吧，把肥皂递给我，然后跟我讲讲最近的新闻！

如果你不想泡澡的话，也可以去**剧院**或者**竞技场**，总有一款适合你！在这两座建筑物中，你可以看到喜剧演员的表演，也可以看到角斗士比赛，以及一些其他的演出……

现在，让我们盘点一下，我的城市已经建好了，居民们可以在里面居住，洗浴，购买崭新的托加长袍来收获朋友们艳羡的目光，还可以买一个光彩照人的衿针——一种小胸针，用来搭配刚买的长袍。除此之外，居民们可以去市场购买家禽和新鲜的水果，好好吃上一顿，或者去公共浴场放松一下，然后再去广场了解时事……

当然了，在节日期间，所有人都可以前往神庙参加祭祀活动！现在，我觉得我的城市已经完整了！它已经准备好迎接第一批罗马公民了，而这些公民反过来又会帮助它成长。另外，别忘了城外的**农场**，它们也是城市生活必不可少的组成部分。没有农民生产的谷物和牲畜，城市里的居民就只能挨饿！一座罗马城市既包括城墙里面的市区，也包括护城河外的领土。在领土上耕作的农民也是不可或缺的！

"嗨，你们两个，不好意思打扰一下，要不要去游泳呀？"

"啊！嗯，茱莉亚，虽然我挺想去的，但我这边还没结束呢！趁着马尔齐亚还在，我还有**很多**关于古罗马建筑的问题想问她。"

"嗯，马克西姆，这样吧！茱莉亚的爸爸已经邀请我今晚一起吃晚饭了，我打算留下来。所以我不着急回家了，时间会比较充裕。我们可以先去游泳，然后再谈论古罗马建筑。这样的话，我们就可以轻松一下，你觉得怎么样？"

"**完全没问题**！我快热死了！"

好啦，我先走了！既然我已经在视频中建起了一座城市，那不妨享受一下意大利的阳光！就像古罗马人一样！

第六集

建筑

嗨,别来无恙呀!你看到我身后美丽的落日了吗?意大利可真漂亮,天气好的时候尤其舒服!☺

"还有游泳池呢,'丢泳裤先生'!"

"啊!茱莉亚,大家没必要知道这件事!我否认,它从来没发生过!"

你想赶快进入正题?没问题!上一集我介绍了如何建立一座罗马城市,但如果你不了解古罗马建筑的话，想必你也很难想象这样一座城市的样貌吧！

"可以像以前那样看图片呀！"

"太好了，茉莉亚，你成功地破坏了我营造的氛围！要不然我们还是躺到太阳底下看书得了！哼！ 马尔齐亚，别笑了，你这是在帮她！"

"抱歉，抱歉！"

哈哈，我开玩笑呢！古罗马建筑实在令人**叹为观止**，特别是让人印象深刻的庞贝古城。为了从各个角度向大家展示，我会使用各种方式，包括照片、视频和文字。每一条街道都是一个奇迹，每一栋建筑都会让你忍不住**惊叹**！忘记现代建筑吧，我想要一个庞贝古城式样的家，那才够有品味！

但是，在我们看具体的房屋构造之前，让我们先了解一下技术方面的知识，比如说如何**调配砂浆**，如何**施工**！老实说，我都不会想到要去了解这方面的信息，幸好有我的表表姐马尔齐亚，她对这方面颇有研究，可以很好地向我们解释相关的细节。

让我印象最深刻的一点是，罗马建筑的使用寿命很长！这就是为什么，直到今天，我们仍然可以在地中海沿岸几乎所有的地方找到罗马时代的建筑物。两千年过去了，它们仍旧屹立不倒！

那么，你会问我，罗马人使用了什么材料才建造出如此坚不可摧的城市？嗯，这就得问马尔齐亚了。

"哈，幸好我在这里。这么说吧，其实罗马式建筑使用的材料是比较基础的。首先，他们会用**石头**。

这是一种很常见的材料，在罗马及其周边地区都发现了它的痕迹。它很容易获取，而且有着坚固的材质！将石头切割然后放置到指定的位置之后，除非发生大地震，否则它会一直保持不动。但作为一种建筑材料，石头也有缺点。它需要的开采和切割时间比较长，而且很笨重，就算有大量的奴隶提供人力，搬动起来也绝非易事。"

"没有更方便的材料吗？"

"有的！下面我来介绍一个具体的教程：

想要速度快，
建房用砖块！

就算附近没有采石场，只要我们在地上走走，就能发现一种既轻便，又容易获取的材料！不，不是木头！你可以在本教程的标题中找到答案。马克西姆，集中注意力！答案是**砖块**！它的制作方法很简单。

❶ 先确定建房的地基。

❷ 在附近挖一个坑，收集黏土或者泥土。

❸ 将收集好的黏土或者泥土与稻草或沙子混合在一起，使材料变得结实。

❹ 将混合好的材料放入模具中，然后制成……是的，砖块！答对了，马克西姆加 10 分！

❺ 将制好的砖块放入炉中烧制！

❻ 砖块冷却之后即可使用！

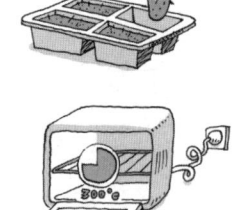

砖块制好之后只需将它们垒起来就好了！因此，这种材料很适合快速建造殖民地的建筑，或者加固军团的堡垒。另外，因为你可以在施工现场搭建烧制砖块的高炉，所以你还可以省掉去砖厂购买设备的麻烦！

另一种材料是**混凝土**。是的，古罗马人就已经像现代人一样使用混凝土了！此外，他们制造的混凝土耐用性非常好。但是很可惜，他们的混凝土制作工艺已经失传了！唯一能够确定的就是，我们在古罗马时代的很多建筑物中都发现了使用混凝土的痕迹，而且，既然这些建筑能幸存到现在，那这种混凝土的性能一定超级好！好消息是科学家正在进行这方面的研究。通过不懈的努力，我相信我们一定能解开古代超级混凝土的秘密！"

"啊，太好了，我已经等不及想看到它重见天日了，哎……"

"哈哈，别着急。我猜你可能对石头、砖块和混凝土并不是那么感兴趣？我想我知道为什么。当提到古罗马建筑的时候，人们通常想到的是那些宏伟的建筑所使用的建筑材料，也就是 ◆ **大理石** ◆ 。"

"你的想法没有问题，大理石确实是当时的明星材料，只有最庄严的神庙和最雄伟的宫殿才配使用它！为什么？因为大理石不仅十分漂亮，而且价格昂贵！因此人们不会用它来建造花园里的小棚，也不会用它来盖一栋普通的民宅。另外，大理石也不是一种随处可见的材料！

最初，罗马需要从希腊专门进口大理石。当时，只有最重要的建筑才有资格使用大理石，它是奢华的象征。当罗马越变越大之后，帝国获得了很多大理石采石场，它的价格才降了下来！根据产地的不同，大理石有不同的颜色，比如说白色或者彩色。但不管是什么颜色，它都很受欢迎，因为这是当时的潮流！"

"太酷了！现在，我们手头上有了各种各样的材料，那么怎样才能建造出罗马式的建筑呢？我希望别人一眼就能看出我的城市那独具一格的个性！"

"嗯，问得好。你还记得在上一集，我们介绍了广场、巴西利卡、竞技场还有神庙吗？事实上，它们有一个共同的特点,你知道是什么吗?"

"它们都有门?"

"不对,是**柱子**!你可能已经对柱子这种东西司空见惯,但在古代,这是一种相当有特色的建筑样式!不过,罗马人的柱子也受到另一个民族的影响,那就是古希腊人。早在罗马人之前,希腊人就已经在建筑中大量使用柱子了。"

"啊,原来罗马人也抄袭!"

"希腊人有三种主要的柱式,分别是多立克柱式、爱奥尼亚柱式和科林斯柱式。听我解释,它们很容易分辨。

首先,多立克柱式的特点是粗大、雄壮,它们没有柱基,也就是说,柱子底部没有石质的基座。另外,这种柱式的柱头,也就是最上面的那块石头,几乎没有任何装饰!总之,这种柱式风格严谨,跟我的数学课教室的风格差不多……"

"其次，爱奥尼亚柱式有一个柱基，这是它与多立克柱式最明显的区别！另外，爱奥尼亚柱式的柱头更精美，上面通常放置着一对涡形装饰，就像公羊的角。

最后是科林斯柱式。这是罗马人的最爱，他们喜欢在**各种**建筑中使用它！应当如何识别这种柱式呢？很简单！科林斯柱式也有柱基和柱头，而且后者的装饰性更强，上面通常有弯曲的植物图案，更显高贵和奢华！"

"你说得对，确实很简单！这下我可以在放假的时候跟小伙伴们吹牛了！'快看，这是科林斯柱式！你问我是怎么知道的？这很简单，我用眼睛一看就知道……'"

"马克西姆，原来你喜欢吹牛呀！可是，你征得作者的同意了吗？"

"嘘！茱莉亚，我在开玩笑呢！对了，你不是应该在看书吗？"

"没办法，每次我一抬头，总能听到你在胡说八道。"

"噗！我才没有胡说八道呢！我向你保证，仅此一次！好吧，我们说到哪了？哦，对了！"

> 嘘！你们什么都不知道……
> 2000年前，这可是尊贵的象征！

如果你看过庞贝古城的照片，或者别的罗马建筑，你会发现他们非常喜欢使用一些特别的元素，比如说**拱门**。连我都知道拱门是怎么回事。这并不复杂，你肯定知道巴黎的凯旋门吧？事实上，巴黎的凯旋门就是以古罗马的凯旋门为模板建造的。它是一座拱形的门，供从战争中凯旋归来的军队通过。

庞贝古城的凯旋门

罗马人对拱门情有独钟!

"我说得对吗,马尔齐亚?他们会在任何建筑物上使用这一结构。而且,我打赌,如果有朝一日人们找到雷克斯警官[①]在罗马的狗窝,肯定会发现这个狗窝也有一个拱门!"

"你说得没问题! ☺ 另外,罗马人对拱形结构的热爱促使他们发明了**拱顶**。拱顶有着同拱门相同的原理和形状,只不过它更宽。事实上,"拱门"的厚度从来不会超过一堵墙,但一个"拱顶"却可以覆盖整个走廊或者整个房间……总之,拱顶是一种天花板的样式,但拱门却不是!有了这些不同的建筑工艺(柱子+拱门+拱顶),罗马人可以建造更宏伟、更坚固的建筑,完美!是的,建筑物不仅需要看起来漂亮,也需要坚固耐用,这是另一种艺术,因为你肯定不想让两三根横梁去支撑整个建筑物的庞大重量!除非你想让建筑物砸到你脸上。当然,和你一样,罗马人也不想让这种事情发生!"

[①] 出自欧美的刑侦电视剧《雷克斯警官》,剧中的主角是一只名叫雷克斯的德国牧羊犬。

"如果放假的时候，学校的教学楼也能像这样坍塌就好了。对，就这样，哦，不，这种想法太愚蠢了！不过，这样我就能多放两个月的假了，开心家里蹲！另外，我还有一个问题，这些建筑物或者住宅是很漂亮，但冬天的时候该怎么取暖呢？难道要在每个房间中间生一堆火吗？"

"你这个例子举得一点都不好。我亲爱的马克西姆，你还记得有一次你想在圣诞树脚下生火，结果……"

看，我们还有木柴……

"啥？你说什么？我听不见！马尔齐亚，请继续！"

"热爱舒适的罗马人知道如何取暖。事实上，就算没有电暖，罗马人也以一种典型的罗马式方案解决了这个问题。他们发明了一套非常聪明的系统,即**中央地暖**(拉丁语为hypocaustum)。

那到底什么是中央地暖呢?首先,它是一个位于房间地面下的炉子,有点像壁炉。人们会将它与需要维持在较高温度的房间分隔开来,比如说放置在隔壁房间。这个地炉会通过房间或建筑物下的隧道或空洞相连,从而让炉火产生的热量随着空气在各处流通。就这样,地面的温度升高了!古罗马的浴场就是通过这种方法保持水温。有时候地面的温度升得太高,如果一个粗心的罗马人忘记了穿凉鞋,那他的双脚就会被烫到!哎哟!"

"我懂了!就像在海滩上一样,有时候太阳太强,沙子都被晒得滚烫!有一次,我被烫得不行,只好一边尖叫一边跑进水里,要不然我可怜的脚就要被烫伤了! 😮 不过,说真的,沙子为什么会这么烫……"

嗯,既然说到火和沐浴,为什么不再聊聊水

呢？我们现在已经知道，古罗马的建筑既实用，又非常壮观。这让我联想到一种对罗马人的生活必不可少的建筑物，那就是**高架引水桥**！

这种桥非常坚固，直到今天，我们还常常能在各种地方看到它们。另外，这一次不需要马尔齐亚的帮忙，因为罗马的引水桥实在太好看了，所以我也对它进行了深入的研究（嗯，好吧，昨天在车里睡着之前，我只来得及查找这方面的信息……）！

你可能会问："马克西姆，你的什么引水桥确实很漂亮，但是它有

我敢肯定，1000年之后，高架引水桥还会屹立不倒！

什么用呢？"

哈哈，欢迎来到我的词典时间！高架引水桥在拉丁语中写作aquae ductus，意思是"引导水流"。

事实上，罗马人很快就发现，对于一个正在快速扩张的城市来说，方便获取的水源是必不可少的。为什么？首先，邋遢鬼们，有水才能进行清洗啊！当你去散步的时候，可不想穿着脏兮兮的托加，身上散发着死老鼠的味道吧！城市的人口越多，需要的水就越多。充足的水源可以保证城市的清洁，最重要的是，这样有利于预防疾病！更何况，如果没有水，公共浴场就没什么用途了，不是吗？另外，垃圾的处理和污水的排放肯定不能通过人的双手完成，相比之下，用水就方便很多！

所以罗马人架设了很多引水桥来为居民供水！引水桥从水源地出发，桥身缓缓地向城市倾斜，如此一来，<u>水就能自然流动</u>，而城市也就有了清水！

此外，如果你在路上见到过高架引水桥，你就会发现我没有骗你。你还记得我之前说过罗马人对拱形结构钟爱有加吗？嗯，高架引水桥通常就是由一系列的拱形桥孔构成的。拱形桥孔并不仅仅是一个更宽的拱门！我就说罗马人会在任何建筑上使用这一结构嘛！

水不仅可以通过引水桥抵达城市，它也可以通过下水道离开城市！是的，罗马人已经开始建设下水道了！在罗马，有一条"马克西姆"下水道（拉丁语为Cloaca Maxima）！

马克西姆下水道

"这个词在拉丁语中的意思是不是'臭马克西姆'？"

"**茱莉亚**！你别瞎说，才不是呢！你的玩笑太逊了！Cloaca 的意思是'下水道'，而 Maxima 则是'最大的'意思。所以，它指的是罗马城内最大的下水道！拜托，'马克西姆'这个名字可是很厉害的！而'茱莉亚'这个名字肯定是'老放屁的表姐'的意思！好吧，你做的好事，我不知道说到哪里了……噢,想起来了!"

人们当然需要下水道!因为如果没有,污水和垃圾就只能留在城市里。你好呀,臭味、苍蝇和疾病!

让我看看,我们已经讨论了古罗马的建筑物和它们的风格,各种柱子,以及为城市供水和排水的大工程,还有具有典型的罗马式风格、但是我还没有提到过的建筑吗?你能提示我一下吗,马尔齐亚?

"罗马人还知道如何建造坚固的防御工事,也懂得如何搭建塔楼以及其他很多我们觉得到中世纪才会出现的东西!"

哦,对!你还记得我曾经介绍过罗马帝国的北部边境吗?就在现在的苏格兰地区,当时那里还生活着很多野蛮的部落?我当时提过,罗马人在那里建了一堵墙,名叫哈德良长城。

你们肯定知道中国的万里长城吧?如果还有

人不知道，那可太不可思议了，赶紧去了解一下吧！这是一个众所周知的奇迹，绝对不容错过！至于哈德良长城，它是一堵建于**公元 122 年和 127 年**之间的巨大城墙，仅仅用了五年时间就完工了。

这是一个真正的壮举！哈德良长城全长不小于 80 千米，横跨整个不列颠岛，不愧是罗马帝国！如果想要突破这堵墙，要么从正面进攻，要么只能从海上绕过，两种方式都很困难！

在这堵墙上，总共有 80 座堡垒，每一座都全副武装，时刻准备着保卫帝国的领土；另有 300 座高塔，带给敌人更多阻力。墙后还有很多四周设防的兵营，随时准备在有敌人越境时进行干预！你是不是被震撼到了？

"顺便问一下，马尔齐亚，你知道哈德良长城后面怎么样了吗？"

"它还在那里，马克西姆，尽管罗马帝国早已灭亡了！虽然现在只能看到它的废墟，但它并没有完全

消失！就像安东尼长城一样！后者是罗马帝国在约公元 140 年时建造的第二堵墙，目的是为了给边界双份的防护。

不过，安东尼长城最终因为蛮族的入侵而被帝国放弃。至于哈德良长城，直到它所捍卫的罗马帝国开始土崩瓦解之前，它始终贯彻着自己的使命！渐渐地，士兵们离开了堡垒，在附近定居，而这道长城则成了人们建造农场、村庄和修道院最好的石料来源……

就这样，这堵墙被它本应保护的人们逐渐拆除，但村民们并没有把一切都拿走。正如我告诉你的那样，即使到了今天,你仍可以在英格兰的旷野上看到哈德良长城的遗迹。而且,随着时间的推移,渐渐出现了很多关于它的可怕传说!你说,到了晚上,人们能不能在那里看到罗马士兵的鬼魂呀?☺"

"啊,救命!"

总之,古罗马建筑的特点就是壮观、坚固,以及最重要的实用。你看,庞贝古城的所有罗马时代的房屋至今还在,这就是最好的证明。

噢,我想到了,我也想向大家介绍一下庞贝古城!

"茉莉亚,下一个视频我们跟大家聊聊庞贝古城的历史和建筑吧?我还想介绍……好啦,我马上就来吃饭!"

我得走了!今天晚上我要早点睡觉,这样明天我才能有一个良好的状态。你知道的,明天我们要回庞贝古城了!♡

第七集

庞贝古城，古罗马的幽灵

别来无恙呀！我又来到了庞贝古城，我在这里向你问好！

是的，我们又乘坐大巴车来到了我最喜欢的城市。我答应会告诉你更多关于庞贝古城的信息，现在，在走进这座城市之前，我得先告诉你它究竟是如何在经过近2000年时光的洗礼之后依然保存完好的！事实上，这是因为庞贝古城见证了当时发生的一件不可思议的事件！多亏了这座城市，如今我们才能对古罗马人这么了解！

"你能跟我们讲讲这座城市的历史吗?让我看看你是否记得上一次参观学到的东西。☺"

"没问题!"

我先给你们看一些照片,特别是我在庞贝古城拍摄的,你可以看到这座古城保存得多么完整!这么多年来,那里一直无人居住!之所以能保存得如此完美,是因为发生了一件**可怕的**事情。

让我跟你们解释一下这座城市是如何在一夜之间被时间定格住的。这也是我今天可以在这座城市漫步的原因。也许有一天,你也能来到这里,亲眼见到那些完好无损的墙壁、拱门和竞技场,甚至还有我们祖先的涂鸦,仿佛他们从来没有离开过!

深呼吸,我们开始吧!让我们回到公元前6世纪!

走在庞贝古城的街头

在这个时代，人们决定在一座美丽的大山脚下定居。这座山叫**维苏威火山**，山顶平坦，一片郁郁葱葱。

不得不说，在农业为主的时代，这片土地可谓是得天独厚，因为那里有着非常肥沃的土壤！不管是什么，都能在那里茁壮成长……因此，这是一个非常好的定居地。最初的小聚落很快就发展壮大，一段时间之后，这里就变成了一座真正的城市，即我们的庞贝。

赫库兰尼姆　奥普隆蒂斯　索伦托　庞贝

但有一个奇怪的谣言正在四处传播……

人们说，这座山曾经爆发过，整个地区到处都是火焰。但大家都认为这只是老掉牙的故事，没有人真的相信。但是！正如你知道的，

维苏威火山是一座活火山。这就是为什么该地区如此肥沃，因为火山灰是一种天然肥料。维苏威火山在数个世纪之前的爆发，让大量的火山灰沉积在这一地区，人们所见到的草地、沃野和庞贝城就位于这些火山灰上！

但当地居民并不知道这些！因为当时的人们对火山知之甚少。

灾难发生在**公元 79 年 8 月 24 日**。这对庞贝来说是平凡又美好的一天，商人们忙忙碌碌，富有的罗马人派他们的奴隶去购物，工匠们正挥洒着汗水。总之，城市一片生机勃勃的景象！突然，快到正午时分，大地开始隆隆作响……

哎哟，哎哟！

当地人知道该地区偶尔会发生地震。事实上，17 年前，也就是**公元 62 年**，一场强烈的地震袭击了这座城市，造成了严重的破坏。但生活在维苏威火山脚下的他们并不知道，这一次可不是简单的地震。这座活火山正在苏醒！

你肯定知道，火山爆发会造成严重的破坏，但庞贝的居民们可没有受过这样的安全教育！

所以当火山开始喷发，巨大的黑烟柱升起，漫天都是灰烬，所有人都大惊失色！

与此同时，在海湾的另一边，有一个人看到了这一幕。他叫**小普林尼**，当时还只是一个17岁的男孩。他看到维苏威火山上空升起了一股奇怪的烟柱，知道有什么可怕的事情正在发生，但这究竟是什么？

小普林尼的舅舅**老普林尼**（这个名字很好记）既是一位重要的罗马官员，也是一位自然科学爱好者。他准备跟随一艘小船去近距离观察这一自然现象，然而就在他出发之前，庞贝的信使赶来求救。老普林尼决定先把科学观察放在一边，因为最重要的是要尽可能拯救更多的人，于是他带着几艘帆桨战船出发了！

小普林尼并没有陪他一起去。他逃过了一劫，因为他的舅舅将一去不复返。

事实上，当帆桨战船远远看到庞贝时，他们就知道那里已经变成了人间地狱！火山喷发出的黑色烟雾遮天蔽日，虽然是白天，但看起来就像是夜晚！唯一的光来自四处蔓延的大火，还有正在喷发中的火山……更别提还有喷溅的岩浆和从天而降的石块，街道和房屋被层层覆盖！居民们有的被困在房屋中，有的直接被倒塌的房屋压垮！

这是一部真正的灾难电影！

救援远征队设法在离城市有一定距离的地方登陆，并决定先在老普林尼友人的家中避难，等灾难稍微平息之后再去拯救受难的居民。

几个小时过去了，夜幕已经降临，但火山仍在喷发。更糟糕的是，火山口开始喷出炽热的白色气体，它们有着极高的温度，没来得及逃跑的居民根本就没有活命的机会。老普林尼和他率领的战船远远地看着城市，他知道自己什么都做不了。他本以为能够救人，但现在为时已晚……更可怕的是，他并不知道噩运即将降临到自己身上。火山喷发出来的气体有毒，可怜的老普林尼很快就窒息而亡了！

老实说，这也太不公平了！火山的持续喷发不仅让老普林尼拯救庞贝人的计划泡汤了，甚至让他也成了牺牲者！我要给老普林尼点一个大大的赞！他是为了拯救庞贝人而牺牲的！

于是，庞贝的一切都被定格了。连同附近的

赫库兰尼姆城，这座城市被火山灰和岩浆完全掩埋，而这一埋就是若干个世纪!

时间荏苒。渐渐地，人们忘记了这里曾经矗立着一座城市。<u>庞贝成了一个被遗忘的传说。</u>

公元 1592 年，在当地挖掘运河的工人们发现了一些奇怪的东西！他们在地下找到了壁画、钱币、大理石材质的古老墙壁……这也太奇怪了！但当时的人们还有更重要的事情要做，所以他们干脆用泥土将发现的东西重新掩埋了！

要是我，就算用手也要把**一切**都挖出来！

不过，既然知道这片土地下埋藏着秘密，总有人想去好好地探索一番。谁知道下面藏着什么好东西呢？

公元 1738 年，人们对这片土地进行了挖掘，并发现了邻近庞贝的小镇**赫库兰尼姆**。被埋在地下的房屋重见天日，同时出土的还有绘画、雕像和其他珍贵的物品……就这样，这个地区吸引了更多的目光！

公元 1748 年，人们开始了对附近区域的挖掘工作，并找到了第二座被封印在火山灰下的城

市。15年之后,人们终于找到了一块可以识别的铭文,并确定了这座城市的名字——**庞贝**!

在火山爆发之后,这座城市就进入了静止状态,在灰烬下保存了自己的全貌。通过它,我们了解了很多关于公元1世纪的古罗马的知识。火山爆发过程十分迅速,仅仅持续了一天!虽然对庞贝来说,这是一场可怕的灾难,但对今天的我们来说,它是一个非常有用的信息来源,可以帮助我们理解过去的历史。<u>庞贝古城就像是罗马帝国的幽灵</u>,为我们对这一时期的研究提供了支持。它对我们

茱莉亚，顺便问一句，庞贝人怎么样了？

已经过了将近1700年，他们早就不复存在了！不过，人们倒是发现了一些非同寻常的东西。流经居民、动物，甚至木制品的岩浆在冷却之后留下了完美的形状。因此，即使很多东西都消失了，但它们仍然有迹可循。

公元1860年，考古发掘现场的负责人朱塞佩·菲奥勒利决定将石膏灌入这些天然模具中。就这样，他得到了庞贝城死去居民的塑像，它们展示了他们在生命最后时刻的样子。它吓到你了吗？别害怕！这些塑像可以让我们更好地了解我们祖先的长相，并且更加清楚这座城市经历过的惨剧！

你这个笨蛋，别再抖了！

庞贝居民的模型

的帮助甚至比罗马还要大！比如说，在庞贝古城甚至出土了一个**快餐店**！

哇，是的！这太神奇了，对吧？当然古代的罗马城里面肯定也有类似的饭店，但我们是在庞贝古城取得的这个发现！这座沉睡中的城市还真有用呀！

这就像一座现代的城市突然"嘭"的一下被冻住了，1700年之后又重新解冻，这样未来的考古学家就能看到我们现在的城市是什么样子，包括建筑物和日常用品，甚至是地上的垃圾！

庞贝的餐馆

所以，当你在学校的桌子上乱涂乱画时，好好想一想，最好不要太夸张，因为可能几个世纪之后会有人读到你留下来的信息！

就这样，庞贝古城慢慢地从沉睡中苏醒。人们发掘出街道、房屋、纪念碑，找到各种各样的物品。每当找到一个消失的尸体留下的空壳，人们都会用石膏灌注，制作死者的复制品，然后进行研究。

这是什么意思？

完全看不出来！

他是谁？是罗马人吗？还是外国人？他是一个自由的公

民，还是一个奴隶？考古学家试图解答这些有趣的谜题！他们就像在犯罪现场进行调查，只不过案件发生在将近 2000 年前！当然，我们已经知道罪魁祸首是维苏威火山……不过，这仍旧是一场真正的调查！

庞贝古城是一座真正的宝藏，至今都没有被完全发掘。考古学家继续着他们的工作，不断地发现新的建筑和物品，甚至是可怜的庞贝人的葬身之所。通过考古学家辛勤的工作，我们才能更多地了解那些不幸被时间遗忘的庞贝人，只有这

茱莉亚，顺便问一句，为什么庞贝古城没有全部开放呢？

好好想想，马克西姆！像这样的宝藏一定要精心保护！更何况遗迹很脆弱，而且维苏威火山偶尔还会引发轻微的地震。此外，被埋藏在地下如此之久，有些建筑物的结构变得不再稳定，所以你不能像去磨坊一样随便出人！

目前只开放了部分安全的地方，但游客已经可以对整座城市在鼎盛时期的样子有一个大致的印象了。至于庞贝古城的其他地方，你只能通过照片来了解了。你肯定不想随手一碰，就把墙推倒了，并且把这些真正的艺术品破坏掉吧！

庞贝古城就像一本旧书，只可远观，不可亵玩！所以我们最好用眼睛去感受它的美！

样，才能更好地纪念他们！

现在让我们来看看这座重见天日的城市到底是什么样子吧！

我们之前的内容中零零星星出现的照片已经展示了庞贝古城大概的样子，在向大家展示庞贝古城更多、更具体的景象之前，请允许我先给大家描述一下它的全貌！首先，庞贝古城有**城墙**，这是为了防御外来的危险。显然，它对火山无能为力，哎！这座城墙总共有**七扇**大门，供人们出入。那些最幸运的庞贝人就是通过这些城门幸免于难的。

当然，这里也有**卡多**（南北大道）和**德库马努斯**（东西大道），它们是城市的主轴。另外，这里还有很多**次级街道**，有时甚至能通过墙上的铭文确定它们的名字！比如庞贝亚纳街（拉丁语：via Pompeiana）和伊奥维亚街（拉

斯塔比亚纳街及其人行道

丁语：via Iovia）。不过，在大多数情况下，考古学家还是需要对街道重新命名。比如骷髅街，因为在那里出土了很多人体骨架！虽然这条街道的名字不太好听，但起码便于记忆！

人们也发掘出作为庞贝古城公共生活中心的广场。你想得没错，这里是整个城市的心脏，人人都想让它重见天日！广场旁边有一座朱庇特神庙，很可惜，它没能在地下世界的怒火中保护好庞贝的居民。

庞贝的广场

除了其他的神庙（比如说阿波罗神庙）之外，广场周围还有一座巴西利卡、一些市政建筑和一座有顶的集市，甚至还有粮仓！真是包罗万象！你能想象考古学家看到这一切时兴奋的表情吗？

清单上还有很多其他的建筑。**公共浴场**？当然有，人们已经在庞贝古城找到了好几个！**剧院**？也有！**竞技场**？必须有！**角斗士营房**？有！

庞贝城内还有其他各式各样的建筑，如有着华丽的镶嵌画以及祭坛的**豪宅**。我将在下一集向你介绍罗马的住宅。☺

<u>庞贝古城是一座完整的罗马城市的遗迹！</u>最让人意想不到的是，如此不可思议的遗迹竟然还不止一处。你还记得庞贝附近的小城赫库兰尼姆吗？我曾介绍过它，它也保存完好。除了这些通常位于现代城市地下或者山丘上的遗迹，我们还可以看到完全露天的遗迹，它们是罗马人的殖民地，比如说阿尔及利亚的**提姆加德古城**。这是一座被遗弃的古罗马城市，最初是一座军事哨所，直到今天它仍保持着原样！

总的来说，庞贝古城告诉了我们两件十分重要的事情：

❶ 我们可以实地了解古人是如何生活的，而不仅仅是通过理论知识来学习。这是一段看得见、摸得着的历史，而且随着

考古学家们不断地挖掘，这段历史还在日益丰富；

❷ 相对于伟大的大自然，我们很渺小！

这就是我对庞贝古城的介绍！我们马上就要去现场参观了，我会好好利用这一次的机会，为大家拍摄很多有意思的照片！

第八集

罗马住宅

别来……哎哟!

"马克西姆,是别来无恙!不是别来哎哟!"

"哼哼,别开玩笑啦! ☹ 是因为相机包摩擦到我晒伤的皮肤了!"

"我早跟你说过了,'我太厉害了所以不需要在大太阳下涂防晒霜'先生。不过,别担心,今天上午我们都会待在阴凉的地方。"

"太好了!"

昨天，在介绍完罗马帝国之后，我们又将目光聚焦于古罗马的城市和建筑，还欣赏了它们的照片。让我们将目光再次聚焦，进入一栋**典型的罗马式房屋**吧！

"而且我们可以在庞贝古城找到各式各样的房屋！比如悲剧诗人之家、麦莱亚戈之家、烤炉之家……"

"呃，茱莉亚，不要一一例举了，我担心观众们都要走了！"

如果现在离开可真遗憾，因为庞贝古城的房屋非常**值得一看**！它们保存得十分完整，就好像主人昨天才离开！观众们，请别走开，我马上向你介绍罗马的房屋！

有趣的是，罗马房屋的拉丁语名字是 domus。法语中的"住所"（domicile）一词就来自拉丁语，就像其他很多法语单词一样！不过，茱莉亚早就跟大家介绍过这一点了。

罗马式的房屋，也就是 domu，是一栋舒适宽敞的漂亮大房子！老实说，等我长大以后，我一定要建一栋这样的房子，然后像罗马人一样躺

着吃饭……😊

烹饪教学

马克西姆的罗马食谱：
请享用今天的蜂蜜吐司！

有请提比略皇帝的御厨马库斯·盖乌斯·阿皮基乌斯，他是一位生活在公元 1 世纪的美食家。是的，你没看错，我一来就吃到了御膳！

教学正式开始！

❶ 根据你自己的喜好，先取几片三明治面包或者奶油面包，然后将它们浸泡在牛奶中。但别泡太久！这可不是海绵！只需要将面包片稍微浸湿即可。

❷ 将面包片放入平底锅中，用油煎 2~3 分钟！

❸ 好闻吗？当你闻到香味的时候，面包片就煎好了！然后再将蜂蜜涂抹在面包片上，一道**美味**的蜂蜜吐司就制作完成了！ **真香！**

"啊，马克西姆，你可真会享受呀！要不要我再端一些葡萄喂给你吃？"

"葡萄？我更喜欢吃蛋糕。罗马人可会做蛋糕了！♡"

上一页有罗马蛋糕的制作方法。

好的，之后我们再来介绍罗马的烹饪。现在让我们看看罗马的房屋具体是什么样子吧！让我们先进入庞贝古城的**神秘别墅**！从名字就能看出来，它肯定有很多秘密！正合我意！

神秘别墅

神秘别墅的壁画墙

"这栋房子之所以叫这个名字，是因为里面全是精美的壁画，上面描绘了很多宗教场景，所以充满神秘感！"

"呃，我早就知道

了！不过，让我们直接去参观吧！"

大家注意，这里的灰尘有点多，所以，伙计们，你们呼吸的时候要小心一点！不过，人们推测这栋房子的主人肯定非常富有。你看看它的**中庭**就知道了！啊，等等，我太激动了，让我们先介绍一下罗马式房屋的布局吧。

神秘别墅的中庭

当时的住宅是以**中庭**为中心布局的。这是一个小型方形露天庭院，中间有一个用来收集雨水的小池子。这太气派了！我以后也想要一个这样的池子！然后再放一些鱼进去，把它变成一个巨大的露天水族馆！不，等等，要不然干脆变成一个游泳池好了！你说我能不能把鱼放到游泳池里面呢？

"马克西姆，你又跑题了！"

"哦，不好意思！"

对于罗马人来说,这个水池最主要的功能是存储供使用的水资源。雨水足够的时候,他们还会将水储存在地下蓄水池中。

主人越富有,中庭就越大,越适合放松和休息。主人越贫穷,为了节省空间,中庭就越可能会作为其他活动的场所,比如说,中庭可能会被当作厨房使用,如果有必要的话,还可以做卧室!神秘别墅的中庭足够大,你甚至可以在里面露营!

"马克西姆,你是不是有把它买下来的冲动?"

"哈哈,让我考虑考虑!不过,虽然中庭很好,但我可不想在里面睡觉……☺"

另外，谈到睡觉，这些房子通常能为男主人（拉丁语：dominus）和女主人（拉丁语：domina）提供足够的舒适感。在靠近中庭的地方，有一间被称作cubiculum的**卧室**。神秘先生和神秘女士在神秘别墅当然要拥有一间卧室……"

神秘别墅里的卧室

"我说过了，神秘别墅的名字来自壁画上的宗教场景和仪式，而不是主人的名字！"

"我知道，茱莉亚！别再打断我啦！"

由于我们不知道这栋别墅所有者的名字，我觉得用神秘先生和神秘女士来称呼他们再好不过了！他们有一个可供休息的卧室，但请注意，这个卧室里面并没有大床，也没有衣柜！罗马式住宅里的卧室一般都不大。

"我决定了，茉莉亚！虽然这栋别墅很棒，但我并不打算买。我更喜欢大一点的房间。如果房间太小，我的电视就没地方放了，也就没法舒舒服服地躺在床上玩电子游戏了！真的不方便，你说呢？"

"随便你啦！你光顾着说话，都没看到别墅里的私人浴室！"

"是吗？噢，是的，我承认，这个浴室真不错！"

"而且我们能在这栋别墅里面看到，还挺走运的，因为在那个年代，并不是所有人家里都有私人浴室。"

确实如此！但这并不意味着罗马人不讲究个人卫生。你还记得吗？我们已经介绍过罗马的公共浴场了。事实上，罗马人很少使用私人浴室，因为他们可以去公共浴场洗澡。他们还可以借这个机会四处走动走动，去看看他们的朋友！☺既然可以跟朋友们一起玩，为什么要待在自己家里呢？好吧，我承认，虽然我觉得跟朋友们在大澡堂聊天的感觉应该挺不错的，但我实在不想跟他们说："来，给我搓搓背，上面好痒！"这也太奇怪了！

跟朋友一起相互搓澡并不是我钟爱的活动！不过罗马人很喜欢。

神秘别墅的卧躺餐厅

说到与朋友相见，一栋不错的罗马式房屋通常有一个餐厅。让我们也去旁边的房间看看吧，在浴缸里接待观众们可不太好……我们现在来到了所谓的**卧躺餐厅**（拉丁语：triclinium）。为什么取一个这样的名字呢？因为罗马人通常会在这个餐厅里放三张软垫长凳，然后舒舒服服地躺着吃饭……

汤？太好了！这样吃起来就更方便了……

149

是的，就好比你和你的家人半躺在沙发上吃饭！你肯定想选正对着电视的那个位置，对吧？

当然，一切都取决于主人的财富。一个小小的家里肯定放不下这些长凳，所以他们通常坐着吃饭！卧躺着吃饭是挺有格调，但这需要比较大的空间，所以只有有钱人才能这么做！比如地主、政客、富商等。总之，如果你只是一个小面包商，你可能买不起这种能够大到让你的朋友们翻身打滚的大房子，更何况你只能拿出几块面包来招待他们！但我们现在正在参观的神秘别墅的主人却十分富有，这里的卧躺餐厅很大，可供很多朋友休息放松！墙上还有精美的装饰，甚至能让如今的画廊相形见绌。所以，当神秘先生和神秘女士……

"马克西姆！"
"喂！谁在说话？"

我继续。当神秘夫妇邀请朋友们来做客的时候，他们可以一边吃着葡萄，一边躺在长椅上放松，然后顺便评论一下他们新定制的壁画。当时人们还没有发明贴纸和照片，所以他们才在墙上贴满壁画！

与朋友聚会、吃饭和睡觉……这些并不是生活的全部，神秘家族！你们也要考虑一下工作的事情吧！看，就在这里！在一栋不错的房子里，你总能找到一间书房，即tablinum。罗马人一定要在家里工作吗？并不！但对男主人来说，书房是一个很重要的地方。

"那女主人呢？哼！"

"你想得没错，茱莉亚，当时的社会对女性并不太友好……"

在那个年代，女性的地位不如男性，而且通常是男性掌管家里的大权！但这并不意味着女性一无是处！

"嘿，说话要当心！算了，让我们继续吧，你刚才说到书房了，对吧？"

"是的！"

房子的主人会在书房里发号施令，接待客人，洽谈业务。因为书房是用于接待和会谈的正式场所，所以一般会配上各种精美的装饰，装修得极其豪华！如果你想谈妥一桩好生意，你必须在谈判中处于强势地位。因此，不妨向你的访客展示你雄厚的财力，比如墙上的壁画、马赛克、漂亮花瓶、你本人的半身雕塑……

只是做数学作业而已，你用得着穿上托加，并且把书房装饰得如此豪华吗？

你必须确保做到**最好**！

我以后也会有一间这样的书房，里面有一个超级超级大的书柜，还有一把大扶手椅，一张台球桌……好吧，你懂我的意思，我想让我的书房看起来富丽堂皇！

"没想到你居然想跟画廊比……"
"有趣，你在开我的玩笑吗？"

看，这里好像有一些植物！你知道罗马人也有**花园**吗？虽然并不是所有的罗马人都能负担得起一座花园，尤其是在城市，但它确实是一个放松身心的好地方。你可以在里面散步，而且它的美丽还能成为你雄厚财力的象征！嘿嘿，你想得没错，罗马人确实时时刻刻都在炫耀自己的财力！

神秘别墅的花园

茱莉亚，顺便问一句，罗马人真的很喜欢炫富吗？

他们跟我们没什么两样。你不也是吗，我亲爱的马克西姆！啊，别这样看我，你还记得你上次生日的时候收到的那件新足球运动服吗？你连续炫耀了好几个星期！

罗马人喜欢炫耀他们的财富，为此，他们还发明了一些非常实用的东西，比如说**赞助人系统**。什么意思呢？当一个罗马人从艺术家手中定制了绘画或者雕塑等物品，用来装饰纪念碑、广场和建筑物时，为了让大家知道是谁捐助了这件艺术品，他会在这件"礼物"上清楚地标明自己的名字！而这件作品的艺术家创作者的名字却常常不为人知……你明白了吗？就好像你给某人送了一件礼物，然后在上面写上"马克西姆送"这几个大字。这样一来，所有人都知道这件礼物是谁送的！

但有的时候，展示自己的财富也是一件很重要的事情。看看我们所在的维提之家吧！它的墙上覆盖着精美的壁画，而且到处都摆放着雕像。为什么呢？因为它的主人是两位重获自由的前奴隶，他们通过贸易而变得富有。尽管他们出身卑微，但他们为了炫耀取得的成功，必须向世人展示自己的财富和实力。

"原来如此！"

现在，让我向你介绍另外一个重要的地方，它的拉丁语名字是culina。你能猜出来这是什么吗？通过图片，你也许能猜出来这里是厨房，也就是做饭的地方！躺着吃饭确实很舒服，但最重要的是要吃好！罗马人十分喜欢美味的食物！即使到了今天，意大利人也十分懂得享受美食！**真好吃**！

来吧，让我们去做点蜂蜜吐司来吃吧！嗯，煤气开关在哪里？什么意思，这里没有煤气？也没有电磁炉？神秘夫妇，你们可太让我失望了！

"当时可没有如今这么现代的烹饪工具！既没有微波炉，也没有洗碗机。罗马式厨房里有一个水槽，用来洗碗和盘子。还有一个砖砌的灶台，只需将木炭放在炉子里，就能加热灶台。你要做的就是把饭菜放到灶台上，让它自然加热。是不是很聪明？另外，房子的主人可不会跑到厨房来加热他刚买来的外卖……厨房很小，里面还有很多凌乱的架子，只有佣人在这里工作，他们要为主人准备饭菜！这种厨房旁边通常都有一个用来储存食物的储物间，但你也可以把食物直接放在炉子旁的坛子里！但因为厨房往往很狭窄，所以可能放不下这么多东西，更何况坛子也不便宜。地方太小，人们伸不开手脚，锅碗瓢盆就会到处乱飞，那还不如把东西放到储物间呢。特别是某人还老是笨手笨脚的！"

"茉莉亚，你在说谁呢？"

"前几天，是谁在比萨店碰倒了三个杯子？"

"**我不知道！嘘！闭嘴……**"

对了，说起吃饭和方便的东西，让我们来聊聊罗马的厕所吧！

"为什么我感觉你会故意搞笑？"

"没有！我，我是觉得这个主题很有趣，但我还是一位超级敬业的视频创作者！我才不会放低自己的位置①……噗！"

"你已经在笑了！"

"那是因为我脑海中出现了一个人穿着托加，在马桶上扭来扭去想要调整位置的画面！"

"你也就正经了 8 秒钟！"

"这不是我的错，这个话题太有意思了！☺"

---

① 这里是马克西姆通过双关语开的一个玩笑，"放低"自己的位置既指降低档次，也暗指上厕所的动作。

不管怎么样，在一顿美餐之后，总得有一个地方用来方便。当你身处一栋名为神秘别墅的房子时，你肯定不用在窗帘后面做这件事！这里有更好的解决办法。

首先是夜壶！无需多做解释，你可以用它解决自己的需求，然后再倒掉。**真恶心**！如果你喜欢舒舒服服地坐着上厕所，也可以去公共厕所。是的，就像公共浴场一样！不过，使用古罗马的**公共厕所**时要注意，这是一个公共场合，人们都会并排而坐，一边上厕所一边聊天。所以，当你和朋友在外面逛了一会儿，享受完互相搓澡的乐趣之后，你可以问他："要不要一起去厕所呀？"

我还是更喜欢封闭的厕所，这样就能安静地看漫画或者玩手机了！

幸好，当时也有私人厕所。有时，厕所甚至就在厨房里面！真神奇！无论如何，罗马人的聪明之处在于他们经常使用下水道——我们已经介

绍过了。是的，在我的视频中，很多知识都是相互联系的。通过下水道可以很方便地将废水排出城市，而不必用坛子之类的东西从家里往外运！

你现在已经对罗马式的房屋有一个清晰的印象了。怎么样，你想要一栋吗？你肯定猜到了，我们的结尾不可能这么平淡。如果你要为家人建造一座罗马式的房子，就像建造一座罗马城市一样，有一件事你绝对不能忘记。对，那就是**众神**！

我再强调一次，在古罗马，没有众神的同意，什么都不能做，就算在自己家里也一样！神秘别墅里到处都是宗教壁画，这绝非巧合！人们可不敢同众神开玩笑！即使再小的罗马住宅，屋里都会有一个专门用于宗教祭祀的场所。它被称为**家神龛**，因为在罗马神话中，负责照管房屋及其住客的神灵叫做家神。当然，家神龛也有不同的样式。在一些人家中，它是一张摆满祭品的小桌子，在另外一些人家中，它是一座石质祭坛，而对最富有的人来说，它可以是一座名副其实的小型神庙！另外，家神龛也会被用来祭祀祖先。

我可没有允许你更改壁画！

在庞贝古城众多的房屋中，不难发现一些别具特色的家神龛！等一下，我们现在要先走近另一栋房子……

看哪！我们来到了维图迪乌斯·普拉西狄乌斯之家。这栋房子里有一个非常精致的家神龛，它由柱子支撑，上面是一个拱顶，中间有一幅画，上面是正与家神们大吃大喝的祖先们！房子的住客时常会送来葡萄、红酒和其他供品，以使这场盛宴能持续不断地进行下去！有朝一日，我希望有人能为我建造一座这样的神龛，让我尽情享用意大利冰激凌。我会一直吃到时间的尽头！

我想，现在你已经对一栋典型的罗马房屋的构造和布局有了充分的了解。但是，就像在法国一样，家家户户的房子肯定都各不相同！庞贝古城也是如此。"贝壳中的维纳斯"之家的壁画跟维提之家的壁画相比更为繁复，与

维图迪乌斯·普拉西狄乌斯之家的家神龛

茱莉亚，顺便问一句，只有罗马人才有这种风俗吗？

完全不是，马克西姆！

很多文化中都有祖先崇拜。 例如，即使到了今天，在许多亚洲国家，你还能在人们的房子里找到供奉家族祖先的小神龛。为了获得好运和幸福，人们会在那里虔诚祷告！

如果要找一个有着跟罗马房屋里的家神龛类似的地方，最好的例子就是冰岛！如今，冰岛人还会在他们的花园里建一个小房子，目的是让灵魂在那里安息（而且不要到家里打扰他们）。另外，在修建道路或建筑物的时候，因为害怕惊动侏儒、地精、精灵和小妖怪，冰岛人还会对具体的选址争论不休！😮

所以，马克西姆，并不只有罗马人才有家神和精灵崇拜！

屋大维乌斯·夸蒂奥之家的埃及雕像相比又大有不同，而悲剧诗人之家的房子和著名的马赛克又有它们独特的风格……我只能先给你们看几张我们周一拍的照片，因为上午快结束了，我们今天还要拍摄一集视频，所以没有时间把所有的别墅都看一遍了。☺

很漂亮，对吧？能够到现场参观古代的房子，并通过它们来发现其主人的品味，真是一件十分神奇的事情！

"贝壳中的维纳斯"壁画

屋大维乌斯·夸蒂奥之家的花园

悲剧诗人之家的马赛克

我得把我的房间好好装饰一番，因为你永远也不知道未来的考古学家会怎么看我！

好了，关于罗马的住宅，我觉得已经介绍的差不多了！那就到此为止吧，让我们进入下一个话题！待会儿见！

第九集

文化和娱乐

大家好，别来无恙呀！我们还在庞贝古城，这次我将向大家介绍古罗马人的娱乐生活。☺ 吃饭、修柱子、投票和在自己的房子里放松，这些活动都挺不错的。不过，罗马人肯定也需要别的**娱乐活动**，对吧？（除了和朋友在公共浴室互相搓澡之外！😁）

"确实，对你来说，这肯定很难想象。因为如果让你一个星期不碰游戏机，你就会生不如死。"

"才不会呢，茱莉亚！而且你也玩呀！"

"但我可以在去庞贝古城的大巴车上安静地待着，不像某人，非得将一个游戏玩通关。☺"

"呃……对了，让我们回到正题！在电子游戏和足球被发明之前，人们有哪些娱乐活动呢？"

别担心，罗马人有多种多样的休闲活动！他们并没有因为生活在古代而失去开心的权利！☺

首先，让我们来看一下**小孩子们的游戏**吧！除了像今天我们在课间玩的互相追逐的游戏之外，古罗马的孩子们还会玩弹珠、掷距骨和掷骰子！小孩子会拿着木制玩具和娃娃四处走动，随着年龄的增长，他们会对更复杂的游戏感兴趣，比如策略游戏和规则更多的骰子游戏……

他们也会恶作剧。你可能不相信，但在当时，一些顽皮的小孩已经开始到处**涂鸦**了，他们会在墙上写写画画！而且，他们涂写的常常是些不堪入目的东西！

总之，随着罗马人逐渐长大，他们所能享受到的罗马式生活越来越丰富，也就更能充分利用罗马社会所提供的文化和休闲活动！就像现在的

庞贝古城的涂鸦

我们一样：当我们学会了识字，就可以接触到更广阔的世界。说真的，等我到了18岁，我要马上考个驾照，然后随心所欲地去旅行！读万卷书固然好，但说实话，行万里路也很有趣……我觉得我对旅行这件事挺有发言权的，因为我现在正在庞贝古城！

罗马人也热爱运动，尤其是古代最受欢迎的项

茱莉亚，顺便问一句，当时的罗马人有书籍吗？

有的，但跟我们今天的书籍不太一样！

现代印刷术要到罗马帝国灭亡近 1000 年后才会被发明出来！因此，古罗马的书籍都是手工抄写的，而且十分昂贵。另外，当时的书籍样式跟现在的也不尽相同。罗马的书通常是用胶水粘在一起的，非常脆弱！

正因为书籍很贵重，所以基本上只有富有的罗马人家才会有图书馆。不过，当时也已经出现了公共图书馆，它们一般位于神庙中，或者公共浴场里！请小心，不要用你湿漉漉的大手随意触碰书籍！

为什么要把旧书都放到公共浴场呀？

我只是想尝试一下，没想到搞砸了……

目——**战车比赛**！这种比赛会在竞技场中举办，一个专门为此类比赛设计的运动场！真是令人印象深刻，它看起来就像一座大型足球场！

"你知道吗？生活中除了足球还有其他的东西！"

"对，还有古罗马的历史！但拥有一个体育场的好处是人们可以比较各位参赛选手！ ☺ 嗯，应该吧。"

参加战车比赛的选手们会为头盔和马车配上醒目的颜色，以确保观众们可以清楚地看到他们，关键是能够对他们进行有效的区分。这是为了满足投注的需要，这是当时另一种十分流行的娱乐活动！不过，因为赌博所引起的各种社会问题，如打架斗殴、家庭破裂和不正当交易等，这种行为被法律明文禁止了。但没有什么能阻止罗马人对比赛的下注。战车比赛十分精彩，每逢节假日，人们总是会找机会组织一场大型赛事！

"一想到流行运动你会想起谁？"

"巨星！好问题，茱莉亚！来吧，让我们认识一个罗马人的超级巨星吧！"

大家鼓掌欢迎……☆ 弗拉维乌斯·斯科普斯 ☆！

这位战车比赛的明星出生于公元68年，作为奴隶的他在很小的时候就接受了战车比赛的训练。之后，他前往罗马，作为绿队（真名就是如此）的成员参加了很多场比赛，并取得了2048场胜利！真是太**了不起**了！就这样，他变得超级富有，并决定出钱赎回自己的自由。之后，他作为一个自由民继续参加比赛，然后结束了自己短暂的生命。想象一下，作为一名战车赛车手，他在每场比赛中都面临着各种各样的风

> 你想像我一样风驰电掣吗？赶紧穿上弗拉维乌斯·斯科普斯牌凉鞋吧！

新款弗拉维乌斯·斯科普斯牌凉鞋

险。战车比赛充满意外，选手很难善终。

但在整个罗马战车比赛的历史上，弗拉维乌斯·斯科普斯或许称得上是当之无愧的第一人！

这项比赛的超级人气使它成为提振人民士气最好的方式之一。事实上，当人民士气高昂时，他们就会辛勤工作，而不会想着反抗统治阶级。因此，在君主制时期，皇帝就已经十分热衷于组织各种各样的比赛来取悦民众。正是在这个时期，罗马建成了一座名叫"马克西穆斯"（拉丁语为Maximus，意思是"最大的"）的竞技场。经过多年的发展和翻新，马克西穆斯竞技场成为史上最大的竞技场，它甚至可以容纳16个现代足球场！你想得到吗？真的**超级**大！绝对是最大的！

马克西穆斯竞技场

另外，罗马人也十分擅长呈现精彩绝伦的竞

技表演！这就是为什么每逢假期，他们都会举办各种盛大的比赛！

你肯定已经听说过罗马斗兽场的大名了，对吧？直到今天，我们还能在罗马市中心看到这个巨大的圆形竞技场。**瞧**，这是我们前几天在那里拍的照片！

罗马斗兽场

好吧，让我给你举几个例子，你就知道这个斗兽场在其全盛时期每天都在上演着什么！

对今天的我们来说，当时非常流行的**野生动物斗兽活动**无疑十分血腥。

但对罗马人来说，他们可以通过这种方式了解来自帝国境内的各种猛兽，如狮子、熊和其他动物。他们平时可没办法在罗马城附近看到这些野兽四处游荡！当然，到世界的尽头捕捉一头猛兽，然后把它带回来打一顿，并不是跟动物们见面的最好方式！

此外，当罗马人不满足于动物带来的刺激时，他们会将人带入竞技场内！**哎哟**！这些人可能是被判处死刑的囚犯，等待着被狮子吞噬；也可能是专业的**角斗士**，他们的职业就是在公众面前战斗。与人们的印象相反，参与斗兽活动的人并非都是奴隶，也有自由民。他们之所以从事这个高风险职业，完全是出于自愿！毕竟，虽然这是一份极其危险的工作，但并不是所有的战斗都会以失败告终，只要获胜，就能发家致富……而且，身手矫健的退役士兵还有可以仰仗的战斗技巧，对他们来说，这简直

是再合适不过的职业！☺

今天，我们还能在庞贝古城看到角斗士训练的营房。对，就在那里，在我身后，你看到了吗？（是的，在我喋喋不休的时候，我们已经在城市里走了很长一段路了！顺便说一句，如果相机上下摆动，请不要惊讶，这是因为我们正在往前走。我们想向你展示庞贝的一切。）

庞贝古城的角斗士营房

等等，斗兽场中最让人叹为观止的是**海战表演**。你可能不明白这个词的真正含义，但没关系，我来告诉你！海战表演指的是在竞技场中模仿一场真正海战！是的，罗马人会将竞技场灌满水，然后再放入战船，接着在公众的注视和欢呼中进行模拟海战！

这真的很**壮观**，不是吗？

茱莉亚，顺便问一句，当时有竞技场明星吗？

电影里的明星还是电视里的明星？或者是像弗拉维乌斯·斯科普斯这样的战车明星？当然有啦，马克西姆！你问得正是时候，因为人们在庞贝古城发现了一位超级角斗巨星存在的痕迹！在察看涂鸦的时候，考古学家发现了几个这样的单词：

Suspirium Puellarum Celadus Thraex
意思是："色雷斯人塞拉杜斯让女人为之着迷。"

在当时，色雷斯人指的是一种配备头盔、盾牌、短刀和护胫的角斗士。显然，其中一位名叫**塞拉杜斯**的角斗士非常受欢迎，他拥有很多粉丝！在古罗马的其他地方，我们也发现了别的传奇角斗士，他们非常成功，格外受人追捧……

最后，马克西姆，如果你想听我的意见，在这个时代，还是成为一名足球运动员更好，因为比起角斗士，足球的风险小得多！

另外，参加角斗的不仅有男人，我们还发现了**女角斗士存在的证据**！塔西佗[①]在他的《编年史》中写道：**公元63年**，尼禄皇帝组织了一场包含角斗士比赛的大型表演，参与

[①] 普布利乌斯·科尔奈利乌斯·塔西陀，大概生活在公元55年到117年之间，罗马帝国政治家，也是著名的历史学家，他最主要的著作有《历史》和《编年史》。

者既有男人，也有女人！

　　老实说，我不太愿意观看这种人类互相残杀的表演。渐渐地，罗马人心中也产生了疑问——既然角斗士的表演花费不菲，为什么还要进行这种既暴力又血腥的活动呢？渐渐地，这种反对的声音变成了主流，为了表演而互相残杀的行为不再被认同。

　　罗马最后一场角斗士比赛发生在**公元418年**，在这之后，罗马人不得不寻找其他的娱乐活动来放松休闲，哟！

当然，罗马人总能找到其他的娱乐方式！例如，虽然当时还没有电影院，但这并不意味着人们不能享受演员和戏剧带来的精彩剧情、悬念，以及激情……人们可以去**露天剧场**！ 虽然当时可能没有现代电影中的特效，但至少你可以在现场观看演员的表演！

看，我身后是什么？这是庞贝古城的大剧院！

你可能会说，你印象中的剧院才不是这样的！剧院应该有阶梯座位，有大幕布，还有穹顶……**当当当**，那是现代的剧院。与之相比，古罗马时代的剧院大有不同，但同样让人惊叹！

庞贝古城露天剧院的阶梯座位

古罗马的露天剧院本身就是一件艺术品！想象一下，如果没有屏幕，也没有扬声器，你怎样才能被所有人看到和听到呢？罗马人自有办法！露天剧院由面向舞台的半圆形露台组成。

然后，人们会根据各自的社会地位就坐——元老院议员会坐在第一排，罗马公民则会坐在靠近舞台的中间位置，而外国人只能坐在最后排。为什么呢？因为离舞台越近，听得越清楚！坐在前排是一种特权！

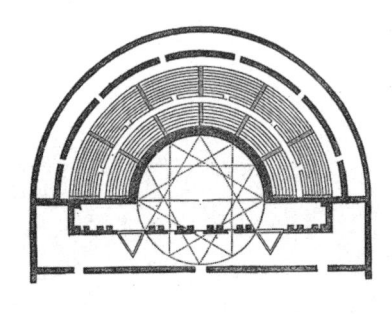

这与喜欢坐在电影院后排的我完全相反。但是，如果是在古罗马的露天剧院，我会十分想坐在最前面，因为这意味着我很重要，是一个贵宾，甚至是一个尊贵的贵族！

舞台上的表演也十分精彩！台上有布景、音乐和舞蹈，演员们会戴上各式各样的面具来表现不同的角色。每个观众都能各取所需！有人是为了欢笑、哭泣、欣赏众神的故事或者罗马的传说，也有人是为了对写剧本的人评头论足！

这是一部好作品吗？人们喜欢看吗？显然，伟大的剧作家也会青史留名。他们的作品甚至会流传到后世！也许你就看过他们创作的戏剧！

比如说**普劳图斯**！他在**公元前 187 年**写出了《安菲特律翁》。在这个故事里，观众们能看到宇宙的主宰朱庇特大神即将登台表演！

看到这一幕，剧场内绝对鸦雀无声！还有一位名叫**泰伦提乌斯**的剧作家，他在公元前 2 世纪创作了很多以爱情和强迫婚姻为主题的戏剧……另外，还有一些你可能知道的作品，比如说**塞内卡**写的《俄狄浦斯》《阿伽门农》。

这位剧作家来自公元1世纪，他的一部作品拥有一个晦涩难懂的名字，我们今天通常把它翻译为《圣克劳狄乌斯变瓜记》。大奇怪了！

不过，当心，不要被这个荒谬的标题所误导，古罗马的戏剧都是十分严肃的！跟竞技场的比赛一样，每逢节假日，人们就会组织戏剧表演。这不仅是为了娱乐大众，也是为了纪念众神，真是仪式感满满呀！因此，戏剧表演是神圣的！当然，对于罗马人来说，戏剧表演也充满了趣味！

另外，当时并没有戏剧方面的超级明星，因为，演员被认为是一个不入流的职业！公民不会登上舞台表演，这代表着耻辱，只有那些没有荣誉感的人才会做演员。有时候演员甚至全都是奴隶。更让人吃惊的是，罗马戏剧里没有女演员！

"噢，可以呀！我没关系的！我可以扮演各种角色，一个人一台戏！"

"至于我，我觉得我可以成为一个很好的滑稽剧演员。真的，这很有前途！你能跟大家介绍一下什么

茱莉亚,顺便问一句,为什么罗马戏剧里没有女演员?

在罗马,除了滑稽剧之外,女性是不允许上台的。没有什么道理可讲!此外,罗马戏剧继承了一个奇怪的希腊传统,女性角色必须由打扮成女性的青少年来扮演!因此,虽然戏剧里有女性角色,但都是男孩子扮演的。

也就是说,我亲爱的马克西姆,你既可以扮演一个男孩,也可以扮演一个女孩!

是滑稽剧吗,马克西姆?"

"没问题!"

所谓的**滑稽剧**,就是通过舞蹈、动作、手势,以及面部表情进行表演的一种戏剧形式。这一剧种在古罗马时期非常受欢迎,并因此造就了很多超级明星!是的,滑稽剧的超级明星!虽然我觉得这确实有点奇怪,不过也轮不到我说三道四。富有的罗马人会赠送各种礼物给他们喜欢的明星,以求能跟自己的偶像见上一面。由于滑稽剧演员不用戴面具,所以他们经常会在大街上被自己的粉丝认出来!

这些表演不只在罗马上演,在整个帝国境内都能看到!而且,如果你足够幸运,你所在的城市说不定就有一座古罗马时代的露天剧场呢。要知道欧洲的很多大城市大都起源于古罗马时代的城市,所以说不定能找到当时的遗迹!

不过,我不确定你能否在那里找到滑稽剧……就像小丑一样,滑稽剧总让我感到有点害怕!

来吧,茱莉亚,我们离开这里吧。可能庞贝古城的大剧院里还有一些孤魂野鬼,只在黄昏的时候出没……啊!

"咦!等等,茱莉亚,我只是说说罢了,但现在好像真的已经到黄昏了,对吗?"

"是的,马克西姆!我们到处跑来跑去,还要拍视频,时间当然过得很快。是时候回家了!"

"好吧。幸好我已经介绍完了古罗马文化和娱乐生活的要点,不过我本来可以向大家介绍更多的知识!"

"哎,要是你身上有个'关机'按钮就好了……抱歉,但我们得走了。如果我们留下来,会被保安踢出去的!

我们明天也没有机会过来了，而后天你就要……"

"后天我就要回家了！"

"很遗憾，不过我们现在不得不跟庞贝古城说再见了。不过不用担心，在你离开之前我们还有别的安排，只要你愿意，我们总能抽出时间再拍上一两集！"

"好的，好的！不过，今天晚上吃完饭，我们一起看《角斗士》电影吧！让我们再次沉浸在古罗马的氛围中！再见了，庞贝！"

天下没有不散的筵席，要说再见了！希望你和我一样喜欢庞贝古城。现在，请坚持住，就算没有像庞贝古城那样无与伦比的背景，你也可以在接下来的视频继续探索精彩的古罗马历史！

第十集

罗马军队

大家好，别来无恙呀！新的一天，新的气象！

昨天晚上，一想到就要离开庞贝古城，不能再在那里拍摄，我就十分难过……但一觉醒来后，我又重新焕发了活力。茱莉亚说得对，我们还有时间，而且到目前为止，在家里拍摄的效果也不错！不管怎么样，趁着我还有相机在手（还有一位女摄影师☺），我要好好努力。另外，昨天晚上看的电影《角斗士》完全激发了我对今天这一集的热情！

请听，让我先为你们模仿一下今天的主题！

列队！哒哒哒，齐步走！向前看！前进！

"你肯定是想跟我们介绍古罗马的军队。在庞贝古城的时候，你一看到士兵的遗骸就两眼放光！而且你还天天在家看战争片！"

"我才没有呢！嗯，好吧，有那么一点点！☺"

不管怎么样，茱莉亚猜测得没错，我将在这一集向大家介绍**罗马军队**！我怎么会放过这个话题呢。要知道，罗马之所以能征服几乎整个古代世界，很大程度上要归功于它的军队！罗马军队简直就是一个传奇！在电影中，我们总能看到身着盔甲的罗马军团士兵，或者排成乌龟阵的士兵对付可怕的野蛮人，或者……是的，我确实看过很多战争电影，怎么啦？

等等！要想更好地了解罗马军队，首先我们得回到早期的罗马，当时它还没有一支这样厉害的军队！就像当时世界上的其他地方一样，战争主要是两股小部队之间的冲锋，而且，大部分军队并没有严明的纪律……😐

接着，为了建设一支更强大的军队，罗马人使用的方法同他们在发展建筑学时一样，即从希腊人那里取经！罗马总是抄邻座的作业！不过，通过学习希腊人的做法，罗马学会了如何通过**方阵**来更好地组织自己的军队。

你可能会问，什么是方阵？所谓的方阵，指的是由一群男人（古罗马的军队中还没有女人）组成的队伍，他们手里拿着武器，排列得整整齐齐，彼此紧靠。因此，在实际的战争中，当敌人彼此分散时，他们还能团结在一起，保持强大而稳固的队形，从而更轻松地抵御敌人的攻势并取得战斗的胜利！

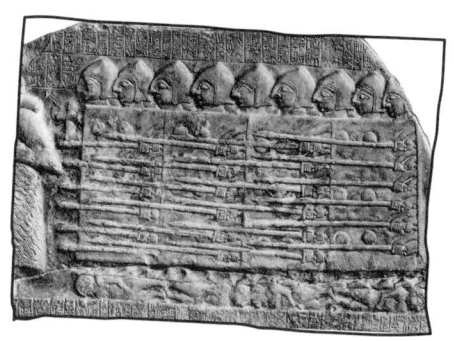

问题是方阵的规模较大、速度有限，因此，如果有狡猾的敌人选择绕过它，从后面攻击，那么组成方阵的士兵会来不及转身，从而被打得一败涂地！想象一下，光是让我们班上的同学排好队就要花费很多时间和精力，更别提在战场上了……

正因为如此，在一次次战争过后，罗马明白必须对这种模式进行改进。于是，他们将大方阵分割成较小的部队，以获得更强的机动性。方阵的支队就这样诞生了。

对于那些已经习惯面对庞大而笨拙的罗马军队的敌人来说,这给他们带来了很大的威胁。因为罗马人现在可以在整个战场上快速移动了。换句话说,不管是在覆盖着岩石、沟渠、丘陵,还是溪流的地形中,罗马军团都能做到如履平地,更别提这个时候的罗马还拥有**骑兵部队**。骑着马的战士可以集中力量攻击战场上某处的敌军,并在形势恶化之前及时撤出!虽然他们的敌人也有骑兵,但支队加骑兵的组合更胜一筹!罗马军队机动性超强、移动速度极快!

想象一下,你正面对着向你进发的罗马军团士兵,而罗马骑兵则快速绕过你,并从侧后方开始攻击!如果是我,我肯定只能束手就擒了!

不过,随着罗马日益壮大、对外战争越来越频繁,它越发需要人们来保卫自己的领土。起初,罗马军队中都是罗马公民,随着时间的推移,人们不得不想出这样一个好主意——在罗马占领的土地上招募适龄的士兵。

诚然,他们并不是真正的罗马人……但他们也能参加战斗!这种由非公民组成的部队被称为**辅助军团**。例如,很多高卢人都加入了辅助军团,不仅与罗马人并肩作战,还带来了他们自己的战斗技巧!

不过,有一个小问题。自罗马诞生以来,罗马军队采用的都是征兵制。这意味着当战争爆发时,罗马会临时征召公民,并要求他们参加战斗。而且,参加战斗的公民需要自己承担武器的开销!

所以你越富有,你的装备就越好……

如果你没有什么钱，那就只能祝你好运了！

不过，这种现象并不能持久。

从**公元前107年**开始，罗马进行了军事改革，征兵制变成了募兵制，罗马也因此建立了一支职业军队。这意味着即使是在和平时期，罗马也有一支军队随时待命，时刻准备投入战斗。这支军队的士兵都是自愿参军的，而武器装备则由罗马统一提供！**哇**！

罗马军队是一支威武之师！

"哼，他们肯定比你讲究得多！"
"什么意思？我也**超级**有条理的好嘛！"
"那你能告诉我你的太阳眼镜在哪里吗？"
"呃……"

嗯，让我们继续！罗马军队被分成很多个**军团**，并分别驻守在各个战略要地，比如边境地区。这些军团时刻处于备战状态，随时准备发起远征，或者在野蛮人未经允许擅自进入罗马境内时进行反击，保卫罗马的领土！

茱莉亚，顺便问一句，罗马军团是如何构成的？

就像罗马的很多事物一样，罗马军团的构成也会随着时间的推移而发生变化。但在公元元年，一个标准的罗马军团是这样构成的：

↘一个军团有一个负责指挥的军团长；
↘每个军团下属 10 支步兵大队，每支大队有一名步兵司令；
↘第一支步兵大队由精英士兵组成，包括 5 支人数分别为 160 人的百人队；
↘剩下的 9 支步兵大队分别由 3 个支队构成；
↘每个支队分为 2 个百人队，分别由一个百夫长指挥；
↘通常情况下，一支百人队满员为 80 人，有时则更多。

最后，每个军团均有 120 名骑兵。

我亲爱的马克西姆，让我们来做一个小小的数学题！根据以上描述，你会发现一个标准罗马军团的人数通常会超过 5000 人！

此外，根据所处的战场环境的不同，这支军团还会配备辅助的士兵，比如说仆役、围城战所需的炮手，以及其他兵种！这就是为什么当时的野蛮人只能找机会攻击还没准备好的罗马军团！

不过，罗马军团不仅仅在罗马的领土上执行任务！事实上，正如你所知道的，罗马的历史就是若干个世纪的军事征服历史！

出征域外也是罗马士兵发家致富的好机会，因为战争也意味着可以掠夺敌人的城池或者战败的军队。在这种情况下，战利品可少不了！所以，一个罗马士兵如果足够狡猾，就能在一场战役中捞到不少钱。

另外，在公元前1世纪，罗马制定了一项新政策：为退伍老兵分配土地。这是因为，当士兵们在外征战多年之后回到家，他们的财产或者生意很可能已经没了或者缩水了，这是一个很大的问题！这项政策的出台就是为了给退役的士兵提供更好的生活保障。当然，除此之外，它还有别的好处！

首先，它可以激励士兵。很多士兵在拿起武器之前一无所有，但在服役结束之后，他们便可以自动成为土地所有者。

其次，它允许罗马公民在新征服的行省定居。当你可以在高卢、西班牙或者其他亟需传播帝国文化的地区安置退伍军人时，为什么一定要征用已经属于另一个罗马公民的土地呢？

最后，退伍军人们也喜欢这个方案！他们甚至不再抱怨自己所遭受的不公待遇了，在这之前他们可没少发牢骚。不过，那些忘记承诺、不想将土地分配给士兵的将军们可得小心了！如果我是一名士兵，在我退役的时候，我跟随多年的将军最好付钱给我！**哼！** 如果让我只带着几句感谢的话语和装备就离开，还说奖励只有这些，

> **茱莉亚，顺便问一句，军团士兵都有些什么装备？**
>
> 我亲爱的马克西姆，这个问题太宽泛了！时代不同，答案也不一样！对于罗马诞生时的士兵与帝国灭亡时的士兵来说，装备是截然不同的，不过，还是让我们看看罗马帝国处于鼎盛时期的情况吧：
>
> 首先，军团士兵需要**贴身衣物**！一件漂亮的内长衣和一条围巾可以保护他的皮肤不与盔甲直接接触，否则，与盔甲的摩擦会让皮肤发炎！士兵会脚穿结实的罗马鞋，这是一种适合长途跋涉的皮革凉鞋。他也可以再穿上一双袜子，虽然看上去不太美观，但这样可以避免凉鞋上的皮带打伤脚！
>
> 然后，士兵会在衣服外穿**一套铁皮盔甲**，即所谓的罗马环片甲（拉丁语为 lorica segmentata）。当然，这套盔甲也可以被一件锁子甲代替。与盔甲搭配的是**一顶头盔**。在为头部提供防护的同时，头盔并不会妨碍士兵用来接收命令。切记，罗马士兵的头盔与中世纪骑士那种大大的头盔不是一回事！另外，士兵还会配备一个强大的盾牌，即所谓的罗马大盾（拉丁语为 scutum）。如果使用得当，这种盾牌可以有效防御敌人的攻击。

现在，我们的士兵已经受到了良好的保护，是时候对他进行**武装**了！他需要一把剑，即罗马短剑（拉丁语：gladius），还需要一柄罗马重标枪（拉丁语：pilum）。标枪是用来投掷的，如果运气好的话，罗马士兵甚至能在敌人还没来得及跑到他跟前时就用标枪将其击伤，甚至杀死！

因此，面对组织和装备水平都很差劲的蛮族军队时，一个训练有素并且纪律严明的罗马士兵足以令人生畏，我亲爱的马克西姆！

> 好了吗？时尚周结束了没有？我得回前线打仗了！

- 罗马重标枪（标枪）
- 头盔
- 罗马环片甲（铁皮盔甲）
- 围巾
- 罗马短剑（剑）
- 一件漂亮的内长衣
- 罗马大盾（盾牌）
- 罗马鞋（皮革凉鞋）（有时候会再穿一双袜子）

我可是会很不高兴的！

啊！我忘了一个事实——罗马军队不只有装备着精良武器和盔甲的士兵，还有**战争机械和战船**！是的，当时就已经有机械武器了！在面对众多敌对的民族时，罗马人拥有的这些武器让他们占尽了上风！

你想听一个有关罗马超级武器的例子吗？我这就介绍一下罗马的**投射机**。这些可以移动的巨

大弓弩并不是罗马人发明的。

　　事实上，罗马人又一次从希腊人那里剽窃了有关这种威力巨大的武器的创意！之后，他们对希腊投射机进行了改造，并将其用于自己的战争。现在，只需在投射机上放一块大石头就足够了！嗖！石块在空中全速前进，径直飞向敌人。就算敌人躲在城墙后面，也能将他们一网打尽！此外，这种武器发射时还会在空中发出巨大的呼啸声……如果你听到这种令人恐惧的猎猎风声，看到四处飞溅的乱石，估计你也不会再想跟罗马人战斗了！这只是帝国军队的伎俩之一，罗马人还会用其他类似的武器向敌人发射巨大的箭镞，甚至是燃烧的炮弹，而这足以让没见过世面的蛮族部落吓破胆！

更重要的是，罗马还有一支完整的海军。如果不能控制海洋，罗马便无法建立一个环地中海的大帝国！因此，罗马必须拥有一支强大的舰队，由或大或小的战船组成，每艘战船上有数量不一的桨手。舰队的目的是对付罗马的敌人，比如迦太基或者海盗！是的，这个时候就已经有海盗了，他们才不会等到帆船大炮时代再出来掠夺商船呢！更别提《加勒比海盗》的景象了！你会看到，罗马人和海盗之间的战斗有多么精彩！

举个例子，罗马舰队中最常见的是**三层桨座战船**。这种战船因每边有三排船桨而得名，船上共有 170 名桨手。在拉丁语中，三层桨座战船的船长被称为 magister。

三层桨座战船最主要的武器就是安装在船前方的大撞锤，也叫撞角。你既可以用它破坏敌船的桨，也可以扰乱敌桨的正常运行，或者直接将敌船打出一个大洞！

是不是很难想象？但罗马人确实用前面装有巨大尖刺的船来玩碰碰车！

而且你的动作必须够快！赶紧转弯！如果你的战船卡在那艘正在下沉的敌船上面，那你就可能会随着它一起沉入海底！**哎哟！**

此外，为了跟敌船战斗，甚至用来掩护登陆作战，罗马战船上还配备有众多其他武器，比如投石器、弓箭、标枪、弹射器，等等，罗马人脑子里涌出了数不清的灵感！当敌人奄奄一息时，罗马战船就会发射抓钩，架设舷梯，然后登上敌船！士兵们纷纷拿起自己的短剑和盾牌，冲上敌船作战！面对如此强悍的战斗力，当海盗们看到罗马战船为了保护商船而径直向自己的海盗船冲过来时，往往会直接溜之大吉！

你现在肯定比之前更加明白了，为什么罗马能成功征服古代世界的大部分地区：因为他们有着先进的武器装备、机动性强而纪律严明的军队，以及积极进取的士兵……而这也是为什么2000年后的法语源自征服高卢的罗马人所讲的拉丁语！

多么漫长的旅程啊！

"马克西姆，不好意思，我要在你诗兴大发的时候打断一下！不过，如果不想错过前往卡普里岛的渡轮的话，我们现在就得出发了！卡普里岛的风景十分秀丽。而且中午我们会在"朱庇特之家"饭店就餐，他们菜单上的培根蛋酱意大利面绝对会是你一生中吃过的最好吃的意大利面！简直好吃极了！"

"朱庇特？哇，茱莉亚，你是不是有读心术呀？你仿佛猜到了我下一集的主题，谜底今晚揭晓哦！☺卡普里岛，我来了！"

第十一集

宗教

大家好,别来无恙呀!以朱庇特之名,我们又来了!

卡普里岛之旅很完美,天气很好,我们吃得也很尽兴,我还在商店里买了一些纪念品。现在,在收拾行李准备出发之前,我还有时间来录制最后两集。是的,假期马上就要结束了。😠 所以,为了安慰自己,我让最有趣的话题之一压轴出场。今天,我要介绍一个我最喜欢的主题——古罗马神话!

众神!冒险!战斗!让我施展闪电⚡,立下

诅咒，然后……罗马诸神的故事永远不会让你感到无聊，这就让我们来好好了解一下他们吧！

"不仅如此，我们还会介绍假期、历法、仪式，以及……"

"停，茱莉亚！别再剧透啦！"

"哎呀！好，我不说了，你开始吧！"

耶！我敢肯定你一定听说过古罗马神话！或者至少有所耳闻。你应该知道木星、火星和水星吧。它们经常出现在书籍中，或者你在身边某个地方就能看到它们的名字，当然，它们有时也悬挂在天上。在西方，太阳系的行星,比如说火星（法语为 Mars,即火神玛尔斯）,都是以罗马众神命名的!

不过,罗马众神远比太阳系行星的数量要多!我先给你介绍其中最重要的一些神。让我们从众神之王**朱庇特**开始吧。就算是神,也需要一位伟大的领袖! 朱庇特掌管雷电,他一发脾气,天上就会传来轰隆隆的雷声!对了,说到这,我们昨天在庞贝古城看到了一座祭祀他的神庙,看!

庞贝古城的朱庇特神庙

好吧，我知道，它看上去并没有那么宏伟，甚至还有点破败。这不是因为火山爆发，而是由于再往前十几年发生的那场地震，让这座神庙失去了往日的气派。不过，这座神庙的存在很好地说明了庞贝人对众神之王的崇拜……几千年之后，我——当之无愧的继任者，又来到了这座城市。☺

战神**玛尔斯**也是古罗马神话中一位主要的神！他是战争与战斗之神，也是传说中罗穆路斯和雷穆斯的父亲。当时的人们希望，在奔赴战场之前能有一位战争之神可以祈祷。罗马人从古希腊神话中的战神阿瑞斯获得了灵感，因此，玛尔斯有着同他一样的属性。

同样，罗马神话中的**密涅瓦**对应的则是希腊神话中的雅典娜，她们都是掌管智慧、战略和手工业的女神，对吗？

"是的，马克西姆！任何需要耐心、智慧和勤奋的事物，都是她负责！"

"哈哈，我敢打赌，茱莉亚，你最喜欢的神肯定是密涅瓦，对不对？"

"当然啦，她超厉害的！"

"也许是因为你也有着跟密涅瓦一样的行事作风吧！什么，我的笑话不好笑吗？好吧，算了，让我们继续介绍罗马众神吧。☺"

想出海的小伙伴们，可千万别忘记向海神**尼普顿**祈祷哦！他对应的是希腊神话中的海神波塞冬，他发怒时会掀起巨浪，让出海

茱莉亚，顺便问一句，所有的罗马神都是从希腊神话中复制过来的吗？

啊，马克西姆，你的问题虽然简单，但它们的答案却很复杂！好吧，我会尽己所能地回答你，谁让你是我的小表弟呢！

首先，罗马人有自己的神。不过，他们的神形象都很单薄，一个整天打雷闪电，另一个则只负责收割粮食……与之相比，希腊神却有着惊心动魄的故事！既有家庭伦理，又有忠诚与背叛，还有各种各样的爱情。希腊神话就像当时流行的肥皂剧一样，让人欲罢不能！这样一对比，罗马人生气极了。为了让他们的神看起来更酷，罗马人决定以希腊神话为蓝本，对自己的神话进行改编。比如说，他们不光把宙斯的故事套在朱庇特身上，甚至还剽窃了宙斯的外貌！这样一来，朱庇特和宙斯就像两滴水，差不多变成一回事了。

看，飞机！

打鱼的渔民船只倾覆，颗粒无收，所以最好不要惹他生气！

不过，我们在庞贝古城了解到，有一位罗马神的形象跟其希腊原型相比完全不一样，这就是火神**伏尔甘**。在人们眼中，这位火与工匠之神会将自己的熔炉隐藏在那些颤抖着喷出火焰的神秘山脉之下。因此，在西方，火山即得名于这位罗马火神。

当然，罗马神话中还有很多其他的神。不过，如果要一一介绍的话，恐怕我得拍更多的视频了！

因为除了这些主要的神之外，罗马神话中还有很多**次级神灵**，他们通常出现在非常具体的环境中。比如说，当你寻找丢失的羊群时，你需要向守护牧羊人和羊群的卢珀库斯祈祷，他会帮助你找回羊群；当你生病时，你可以向健康女神萨卢斯祈祷；另外，界神有一个很愚蠢的名字，叫特耳米努斯，跟法语中的"终点站"是一个单词！

终点站到了，请下车！

生活在古罗马，你的一天可能是这样的：早上，你会先向炉灶和家庭女神维斯塔祈祷，然后在去广场的路上，你会在心中向通道和选择之神雅努斯致敬，这样他就会引导你顺利地穿街过巷，避开那些不好的遭遇。到了广场之后，你肯定想去商店里做几笔好买卖，对吧？向商

> 我是家庭作业之神，我叫作业库斯。
>
> 我没有什么朋友……

业之神墨丘利祈祷吧，他会帮助你实现愿望！你打算回家，晚上跟朋友们好好聚聚吗？来吧，只需给酒神巴克斯一些小祭品，他就会保佑你度过一个美妙的夜晚！在忙碌了一天之后，别忘了去感谢给予你生命的**祖先**，多亏了他们，你才有机会享受生活！

信息是不是太多了？如果你有疑问，不妨向朱庇特祈祷，作为众神之王，他肯定清楚该找哪个次级神来回答你的问题。

罗马神话经久不衰，直到今天我们还会常常援引罗马诸神的故事。你肯定听说过爱神**丘比特**吧！这就是证据！另外，如果你想赢得足球比赛，该向谁祈祷呢？如果想让学校明天停课呢？看，这些才是**真正**需要解决的问题！

好了，你是不是也想跟罗马诸神或者你的曾曾曾曾伯父罗杰直接沟通，但是却不知道具体怎么做？

对于这种小型的祈祷，别紧张，仪式非常简

单，你自己就可以进行。顺便问一句，你还记得我之前介绍罗马房屋的那一集吗？我说过，在每个罗马住宅中，都有一个祭祀家神的**小祭坛**，它的名字是家神龛。

有了它，人们就能在家里祈祷，祈求那些守护家庭的神灵（比如说家神和先祖）来保佑家人们。这种仪式让人们将祖先铭记于心。

另一方面，如果想要参加盛大的宗教仪式，在人山人海的信徒中大声呼喊朱庇特的名字，那么就需要一座**神庙**。你既可以来这里祈祷，也可以参加公共活动。当然，这些神圣的地方并不一定能同时供奉所有的神灵。另外，城市越大，神庙的种类也就越多，每个神都有自己专门的神庙！例如，罗马有很多神庙遗迹，比

庞贝古城的阿波罗神庙

如说朱庇特神庙、维斯塔神庙、爱与美之女神维纳斯的神庙……我们还在庞贝古城见到了一座壮观的阿波罗神庙。

总之，不管怎么样，一座城市**至少**有一座神庙！如果没有一座建筑物能让他们感谢神的仁慈，人们就不会在这里定居！

罗马人的虔诚并不仅限于语言。事实上，他们还会为神献上**动物祭品**，即所谓的牺牲！呃，光是想到要在实验课上解剖一只青蛙我就已经不忍心了，我永远都不会杀死一只动物！不过，在当时，这是一种供奉众神的方式。比如说，在战斗之前，人们通常会向战神玛尔斯献上一头牛，以祈求自己的军队能取得胜利。

但是，如果你像我一样不想伤害一只可爱的小动物，你也可以给神明献上酒、面包、蜂蜜或者别的食物。这样就没有那么残酷了！我想我可以牺牲我的早餐麦片，甚至是食堂的饭菜。有时候，这并不是一件坏事！不管怎么样，我们要知道，当时的人们有自己的思维方式，对他们来说，活生生的动物并不一定像我们现在认为的那么重要。这也是他们既使用奴隶，也屠宰动物的原因……

最后，要知道，除了家神、先祖和众神，罗马人民还可以**祭祀皇帝**。是的，没错！这一传统可以追溯到罗马帝国的第一位皇帝奥古斯都，这可是一个聪明人！你还记得我之前的介绍吗？他是尤利乌斯·恺撒的养子。他上台之后，想到了一个**绝妙**的主意！为了让人们更容易接受他，他跟罗马人民说自己是神的继承人。对，就是这样！

他将恺撒奉为神君，而这一过程被称为神化。即使奥古斯都本人只是恺撒的养子，但既然他的养父已经成神，他也应该收获一点人们的崇拜，对吧？真是一条妙计。因为在那个年代，跟人相比，显然人们背叛神的几率要小得多！如果皇帝是神，与其惹恼他，不如向他祈祷……就算他平日里并没有展现出多少神通！既然皇帝说他是神，那你只要相信他就好了！

噢，我也应该这样做！我要创立自己的宗教，这样一来，我的数学成绩就不可能再差下去了——谁会想惹恼马克西姆神呢？

"哎哟，茱莉亚，你为什么要打我的头呀？我只是在**开玩笑**！"

不过，这让我明白了，宗教仪式是不能拿来开玩笑的。而且，请注意，在进行仪式时一定要非常仔细地观察！仪式可不能随意，在古罗马时代，宗教仪式非常严格且规范。毕竟，如果有神灵在守护着这座城市，你肯定不会希望因为一丁点过错而惹恼他们！这也是为什么宗教是一种公共事务！

"太可惜了，我刚刚才想出一个绝妙的农神节计划！"

另外，既然罗马人相信神的存在，也相信一

茱莉亚，顺便问一句，罗马人是不是有专门用来向这些神灵祈祷的假期呀？

是的，他们不仅会放假，有的时候甚至一连放上好几天！当然，他们并不一定会趁这个机会像我们一样去海边度假，但不管怎么样，**正因为神灵如此重要**，罗马人会将一年中的某些日子献给特定的神。然后，他们会在这些节日里举行庆祝活动、宗教仪式以及其他的活动……举个例子，让我们认识一下**农神节**！

农神节会持续一周，即从 12 月 17 日到 23 日。在冬至到来之前，人们会举行各种各样的活动来庆祝农神萨图尔努斯的苏醒——这个爱打呼噜的神一年四季都在睡大觉！在这一周里，人们会把平时藏起来的农神雕像拿出来，然后装饰房屋，穿上节日的盛装。最重要的是，社会秩序会被暂时打破，比如说在这段时间内，奴隶不需要听从主人的命令，而主人则会伺候奴隶吃饭……总之，人们载歌载舞，尽情享乐！一周时间结束之后，人们就会回到各自的位置，而农神又重新进入睡眠模式……就这样，奴隶们又开始翘首以待，期盼来年的农神节！

> 耶！我终于可以出门了！

> 冷静点，萨图尔努斯！不要乱动别人的东西哦！

不，马克西姆，你可别想着要把农神节的风俗带到你家去！你肯定在想，这样一来你就可以取代你爸妈的位置，每天都能随心所欲地看电视和玩电子游戏，而且每顿饭都能吃到双份甜点，对不对？是的，我就是这么了解你！

个人死后可以成为被后人祭祀的先祖，那他们是否相信死后世界的存在呢？

一开始，罗马人没有怎么考虑过这个问题。事实上，直到接触了其他一些更关心这个问题的文明，比如说埃及人和希腊人，罗马人才开始慢慢接受后者的一些信仰。像往常一样，罗马信奉拿来主义！比如说，罗马人借用了希腊文明关于地下世界的概念。希腊神话中的地下世界，或者说冥界，是灵魂接受审判的场所。如果人们生前是老实人，那他们的灵魂就会被送到冥界中一个叫"至福乐土"的地方！事实上，巴黎香榭丽舍大道的原意就是"至福乐土"！

> 卡洛斯·施瓦布描绘了一位女士的灵魂在至福乐土安息的画面。

它指的是一个永远天气明媚、鸟语花香的地方。只要一个人度过了美好的一生，他的亡灵就可以在那里悠闲地散步，尽情享受死后的生活。

另外，这个关于死后世界的问题会帮助一种新兴宗教在罗马帝国流行起来。这就是出现在公元1世纪的**基督教**。自公元2世纪起，基督教开始在罗马帝国传播。最初，就像对待其他大多数宗教一样，罗马人对基督教采取了容忍的态度。不过，由于宗教生活在罗马文化中占据着十分重要的地位，他们并不希望人们信奉来自罗马以外地方的宗教。当然，他们也懂得如何去包容。毕竟，在被罗马征服的地区，许多部落都有自己的信仰，罗马人也没有办法让这些宗教在一夜之间全部消失！

但是，如果一种宗教威胁到公共秩序，那罗马人便不会轻易容忍！元老院会宣布它为非法宗教，其追随者都将被视为罪犯。

比如说，基督徒可能会被直接喂给狮子！哎哟！罗马人指责基督徒秘密集会，不参加公共生活，简单地说，他们的行为不是一个好罗马人该有的！这一切让罗马公民感到十分紧张！

基督教被禁止之后，为了震慑那些想加入这

一宗教的罗马公民，他们对基督徒施加了迫害。直到公元 313 年，君士坦丁一世颁布了米兰敕令，宣布罗马帝国境内有信仰基督教的自由。最后，君士坦丁一世也皈依了基督教……从此以后，再也没有什么力量能够阻止这个宗教在整个帝国传播了。公元 392 年，基督教成了罗马的官方宗教。从这时开始，情况发生了逆转，那些曾经崇拜朱庇特和农神萨图尔努斯的罗马人变成了被人鄙夷的对象！

这也是为什么，直到今天，在罗马帝国曾经覆盖的大片区域内，仍然分布着众多基督徒。而生活在罗马的教皇仍然使用着传承自罗马帝国的语言和宗教仪式！

密涅瓦女神在上，多么传奇的历史呀！

第十二集

罗马的伟大及没落

大家好,别来无恙呀!

我太伤感了,今天是我们最后一次向大家讲述古罗马的历史了。我的假期马上就结束了!啊,再见了,意大利!明天早上我就要离开了!再见了,阳光!再见了,青青草地!再见了,比萨!

"我亲爱的马克西姆,我再提醒你一次,你只有在成为名人之后,才能开一档专门介绍自己的节目!

今天是最后一集了,我们的主题正好是结束……"

"你说的没错,不是我假期的结束,而是一个帝国的结束!"

你可能猜到了,罗马的历史就是一个城市的扩张史。它的疆域持续不断地扩大,直到有一天到达顶峰,然后开始走向没落!

在结束这场时间旅行之前,让我们看看事情是怎么发生的,以此来纪念我和茉莉亚一起努力学习和研究的那些夜晚。

让我们先回到罗马帝国的鼎盛时期,这时的罗马幅员辽阔,拥有从大不列颠岛到埃及的广袤领土！在那个年代，既没有电话，也没有互联网，消息传播的速度很慢。

这意味着当帝国的一端发生大事时，有时需要数周时间才能通知到另一端！结果就是，每个行省的长官都知道罗马很难密切地监视他们。慢慢地，腐败开始到处生根发芽。

有些官员开始将税款浪费在一些毫无意义的事情上，或者用于个人享乐，有时甚至两者兼而有之！来吧，让我给自己建一个巨大的府邸，再从国库拿点钱给我的朋友买礼物……为了以防万一，我还得在房子下面埋上几公斤金币，因为你永远不知道明天和意外哪一个先到！而当本来应该用于帝国正常运转的资金被挪用甚至滥用时，整个系统很快就变得千疮百孔了！更何况，一个如此庞大的帝国肯定需要大量资源来维持其边界、军队和行政机关的有序运转……

总之，控制一座城市很容易，但统治一个帝国却绝非易事！你看，这就是我为什么会选择建一座小小的城市，而不是一个大大的帝国！征服只会带来麻烦！虽然穿着罗马环片甲的我很帅气，不过……

"别偏题，马克西姆！现在还没到打包行李的时候！不要东拉西扯！"

"我觉得身穿盔甲的自己会是一个很棒的话题！当然啦，你不想听就算了！我说到哪儿了？噢，对了！"

<u>腐败的猖獗使帝国在行省的统治受到威胁。</u>帝国在行省的统治受到威胁。当然，如果皇帝可以采取雷霆手段惩处贪官污吏，那帝国就能恢复在那些不服管教之地上的权威。只不过作为首都的罗马也堕落了，这里同样充斥着蝇营狗苟之人！罗马人只顾勾心斗角，互相残杀。他们早已忘记了帝国，所做的一切都只是为了追逐私利！

这种情况又会反过来助长更多的腐败。在首都，人们会用钱来购买别人对自己的阴谋诡计的

茱莉亚，顺便问一句，当时的政治形势如此糟糕吗？

我亲爱的马克西姆，可能比你想象的还要糟糕！将军们互相攻伐就已经够麻烦了，如果再有人自立为皇帝，那简直无法想象！

举一个例子。罗马帝国高卢地区的将领**波斯图穆斯**负责击退入侵帝国领土的法兰克人。有一天，波斯图穆斯对自己说，鉴于他取得的丰功伟绩，他应该给自己升职！于是他背叛了罗马，宣布自己成为"高卢帝国"的皇帝。你看，这就是为什么我要在你自吹自擂的时候提醒你，因为波斯图穆斯显然太过自信了！

之后，波斯图穆斯宣称自己的领土不仅包括高卢，还包括海峡对岸的不列颠岛！既然宣布自己拥有一个帝国，那不妨把它说得更大一些。

这一切发生在**公元 260 年**。不过波斯图穆斯的统治并不会持续太久！7 年后，他也被部下背叛了！他的将军们开始叛变，当他即将击败他们的时候，他犯了一个小错误——他拒绝让自己的部队掠夺败者统治的城市！毕竟，不管怎么说，这些都是他治下的城市，而不是敌国的城市！不过，他的士兵们可不这么看！失望的士兵们很快反叛了，波斯图穆斯也死在乱军之中。

就这样，高卢皇帝短暂的统治结束了。一个背叛了帝国的将军被自己的士兵杀死了，而他们则背叛了自己的皇帝！这就是因果报应！

支持；而当首都乱作一团时，外省的官员们就可以尽情地搜刮财富了！

简而言之，经济上混乱不堪 ✚ 政治上明争暗斗 ▬ 帝国变得非常难以管理！

祸不单行。**危险！大家快投入战斗！**野蛮人已经近在咫尺了！

"冷静点，马克西姆！提醒你一下，这些所谓的野蛮人也包括法兰克人，他们是如今的法国人的祖先！别忘了，法国人曾是别人眼中的'野蛮人'！"

这倒是真的！不管入侵者是不是野蛮人，帝国的所有战线都开始告急！大量的蛮族越过了界

墙，有的甚至还不止一次！

为了应付这种情况，聪明的罗马人想出了一个办法——他们开始把这些新来者安置在边境地区。毕竟这些精通战斗的蛮族完全可以成为罗马帝国新的兵源！另外，这些新士兵拥有对付其他蛮族的手段，因为他们语言相近，更容易渗透到敌人内部……

除了一个小问题。

最初，这个策略很奏效，但想要入侵罗马的野蛮人很快就反应过来，并且快速适应了边界的新形势。一方面，罗马军队正在日益"蛮族化"，变得越来越无组织无纪律；另一方面，作为回应，蛮族军队发明了新的战术，而且变得越来越纪律严明。最终，情况发生了逆转——野蛮人的军队变得比罗马军队更强大！

这并不是**完全不可能的**，对吧？

面对日益严峻的安全形势，罗马帝国的皇帝们不得不想方设法补救！**公元285年**，**戴克里先**想出了一个主意。由于帝国的领土太大，保卫帝国需要做的决策太多，皇帝不堪重负，因此，戴克里先决定将<u>罗马帝国一分为二</u>。西部领土包括意大利、法国、英格兰、西班牙、北非，以及其他所有位于帝国西方的领土；东部领土则包括剩下的地方，如希腊、土耳其、埃及和叙利亚等。

当然，上面给出的都是现代的国名。在罗马帝国所处的时代，这些国家并不存在，它们的领土是罗马帝国的行省，和现在的名字不一样。

在将帝国一分为二之后，皇帝负责统治帝国的一部分，而另一部分则由自己委任的心腹进行管理。然后大家再时不时地聚集在一起交换意见。这个想法听起来倒还挺不错的……

但该来的逃不掉。狄奥多西大帝有两个儿子，**公元395年**，他让两个儿子分别继承了**帝国的一半**。从此以后，罗马帝国正式分裂为以罗马为首都的西罗马帝国和以君士坦丁堡（今伊斯坦布尔）为首都的东罗马帝国。

啊啊啊啊啊！ 罗马帝国就这样彻底分裂了！

野蛮人可不会放过这个好机会！**公元406年**末，蛮族再次成功入侵到帝国的西部。汪达尔人、阿兰人和苏维汇人纷纷进入到西罗马帝国境内，形势一片大乱！

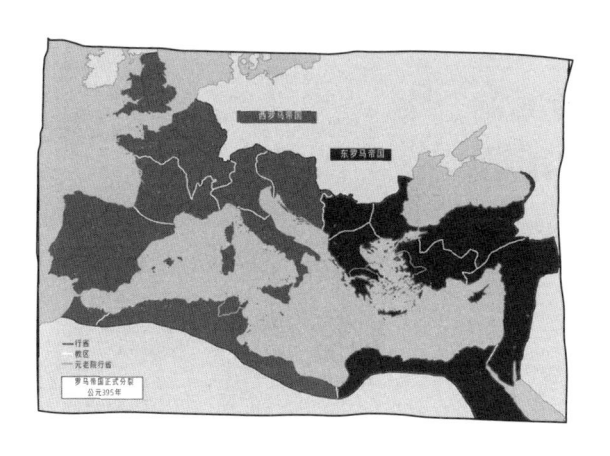

更大的悲剧还在后头。4年后，西哥特人的首领亚拉里克一世率军进入罗马。

但罗马却无人防守！罗马军团正在边境抵御蛮族的入侵，而这座城市已经有近一个世纪没有军队驻扎了！因此，在8月24日这一天，西哥特人安然无事地进入了这座城市，并进行了大规模地烧杀掳掠。整个城市被大火熊熊燃烧，帝国档案馆付之一炬！

直到今天，历史学家仍在为这一巨大的损失而哭泣，这些珍贵的典籍就这样永远消失了！

他说了好几遍："西哥特人烧毁了一切！"然后就哭了起来……

有点同情心好吧。他老了，对他来说这就像发生在昨天！

罗马被洗劫一空！ 罗马帝国不可战胜的传说破灭了！现在，野蛮人想来就来，想走就走，不仅可以在罗马随心所欲地抢劫，还开始向被征服的罗马人发号施令……

其他蛮族部落继续入侵帝国，并掠夺富裕的罗马城市。比如说可怕的匈人！这些来自东方的战士是导致其他民族涌入罗马帝国境内的原因之一——可怕的匈人军队和他们恐怖的领袖**阿提拉**迫使其他民族向西迁徙。幸运的是，**公元451年**，罗马人击败了来势汹汹的匈人。这一次，罗马人得到了已经定居在帝国境内的蛮族盟友们的帮助，后者已经受够了匈人的欺压。

尽管取得了面对匈人的胜利，**公元455年**，罗马城再次被洗劫！这一次的作案者是汪达尔人。经此一役，西罗马帝国的边境已经支离破碎，士气空前低落。

更不用说来自东方的其他民族，如法兰克人和勃艮第人，趁机巩固并扩大了他们在帝国境内的定居点。与其说这些区域是罗马的领土，不如说已经变成了蛮族的"巢穴"……

终于，在**公元 476 年**的 9 月 4 日这一天，一切都结束了！**奥多亚克**，一个蛮族出身的罗马军官聚众反叛，并推翻了当时的西罗马皇帝——年仅 14 岁的**罗慕路斯·奥古斯都路斯**（多巧合的名字）。如果是我，在 14 岁的年纪，我还在想办法应付家庭作业，而他已经要面对如此重大的责任了。好吧，可怜的罗穆路斯就这样成了西罗马帝国最后一位皇帝。

可怜的小家伙，历史只会记得他是一个没能保护好自己国家的领袖……但事实是，他所继承的只是一个虚有其表、极度衰弱的帝国罢了，而且当时他只有 14 岁！所以，他的失败还算情有可原嘛！最后，我发现罗马的历史有一种命定的诗意：**它因一个罗穆路斯**

开始,又因另一个罗穆路斯结束!

"哦,马克西姆,你还挺多愁善感的嘛!"
"那又怎么样?哼!让我们继续吧!"

与此同时,东罗马帝国的形势就好很多——它很明智地选择置身事外。东罗马帝国的统治者操心着自己的事,放任蛮族对西方的侵占。不知道你作何感想,反正我还挺高兴的,

因为有朝一日，西罗马帝国的废墟中将出现一个法兰克人的新王国，而它则是现代法兰西的雏形。☺

请注意，西罗马帝国并未完全消失！它不仅留下了完整的城市——虽然仍处于蛮族的控制之下，还留下了一整套法律、规章制度和行政机构。这些都被蛮族继承了下来，毕竟这可比重新发明一套新的统治方法要更加省事！我们甚至可以这么说，蛮族王国日益"罗马化"了。

另外，西罗马帝国还留下了另一份重要遗产——基督教。我在介绍宗教的那一集中曾经说过，公元4世纪末，基督教取得了罗马帝国官方宗教的地位。具体来说，基督教会受到罗马帝国时代的各种做法和习俗的深刻影响。例如，教会一直使用拉丁语，其教区的划分也延续了罗马帝国时代的行省区划……今天罗马天主教庭的首都仍位于罗马城内，而且继承了诸多从罗马帝国时代流传下来的宗教仪式、律法和习俗！

甚至在西罗马帝国末代皇帝倒台很久之后，很多后世国家的元首都会从罗马帝国汲取营养，或者直接宣称自己为罗马帝国的直系继承人。这是因为，不管是在哪一个年代，在人们的心目中，罗马一直是一个辉煌的帝国，它的存在为今天的很多欧洲国家奠定了基础！

啊，我想起来了，我马上就要回国了……我不想回家！

不敢置信！假期行将结束，我的视频也完结了。但是我在意大利还有很多东西没有看！

"你下次再来就行了。我可以带你去佛罗伦萨……还有威尼斯！"

"一言为定！下一个假期已经确定。意大利，我会回来的！ 😊 我相信，等我下次过来，你会告诉我更多关于你的秘密，就像沉睡的庞贝古城一样！"

"马克西姆，我好像在你的脸上看到了泪水？这是因为你舍不得离开我吗？"

"不……唔，这是因为我舍不得假期结束！就这样！跟你没什么关系啦！快关掉相机，茱莉亚！"

231

马克西姆和茉莉亚的话

走吧,让我们出发回法国。行李在后备箱里,汽车已经启动。另外,我正式宣布,茉莉亚把她心爱的旧相机送给我了。惊不惊喜?下一次放假时我就可以拍视频记录了!我表姐也太酷了!♡

"主要是因为我买了一台新相机。你看,跟你没什么关系。"

"可不是嘛!我知道的,你是我的粉丝,对吧?你说,趁着去机场的这段时间,我们再录最后一个视频来纪念一下,好不好?再录一个小小的视频，我可以谈谈……"

"等一下，我亲爱的马克西姆！你已经说了很多了，要不然这一次就让我抢一下你的风头吧。好吗？"

"哈？"

"我猜你同意了！不用担心，我会把相机还给你的。"

正在观看这个视频的你应该已经明白了，如果你住在地中海沿岸或者不远处，你很有可能就住在这个伟大的帝国的遗迹旁边，甚至就在它的废墟之上！古罗马在欧洲的语言、习俗，以及文明中留下了很多东西。如果没有罗马人，欧洲人的生活大概会截然不同！

不过，你可能会觉得有些事情，嗯，怎么说呢，会出乎你的意料之外！**什么？** 罗马人有奴隶？**啥？** 他们还让人在竞技场上互相残杀？我知道，我连一只苍蝇都不会伤害，所以你肯定也觉得以人类相残为乐是很难接受的事吧？但是，我们不能忘记这样一个事实，罗马人并非完美的！人类从不完美，看看现在世界上正在发生些什么吧……

234

"别说啦，茉莉亚！你会让大家感到沮丧的！"

"不会的，马克西姆！"

我的意思是，你必须用过去的眼光看待过去。对于古罗马人来说，上面提到的这些事情都是很正常的。他们成长在一个奴隶制社会，习惯于观看竞技场上的斗殴，这些都不足为奇！也许我们今天所做的很多自以为正常的事情，也会让未来的人们感到震惊呢！

"你说得很好！"

"拜托，我的小马克西姆，要不然你认为我为什么要读这么多书，并且能向你解释这么多知识？这是因为我以后想成为一名考古学家，我想挖掘过去的秘密，更好地了解祖先！很高兴我能带你走进历史这门学科的大门。"

我希望你也一样，朋友们！

我知道，学习历史这门学科时需要记住很多日期和名字。坦率地说，这并不容易！但永远不要忘记：比学习更重要的是理解！你不记得罗马是什么时候陷落的？冷静点，这没什么大不了的！此外，你也许注意到，我们一直在努力不让你被太多的日期所烦恼。不过，你必须记住罗马人是一个怎样的民族，这样就不会重复他们犯过的一些错误，比如把自己的城市建立在一座正在休眠的活火山旁边！你还记得那些让人难过的日子吗？不记得也没关系，只要不再犯同样的错误，这就是最重要的！

这就是历史学习的一些要点。我和我的表弟马克西姆很希望，通过我们的努力，你能或多或少地了解历史是怎么一回事。我们想告诉你，罗马人并不仅仅是那些穿着凉鞋和托加，围在古老的柱子旁聊天的人，他们还拥有改变了世界面貌的非凡文明！

好吧，马克西姆已经等得不耐烦了……

"来吧，表弟，轮到你了！"

"谢谢表姐！我，呃，糟糕，我想你已经总结得很好了！"

我就说我表姐很厉害吧！所以我究竟应该成为一名足球运动员还是一名消防员呢？老实说，经过这次的意大利之行，我也想成为一名考古学家！或者当一名历史老师也不错？如果我是老师，我才不会搞突击式的随堂测验呢！而且，我还要在食堂发起……

"等等，你难道想跟我们说，你要发起'平民要吃薯条'的抗议活动吗？"

"对呀！不过你是在嘲笑我吗？"

"哈哈，有一点！"

"哼！好啦，让我们回归正题！"

总之，多亏了这个节目，我们才能取得现在的成果。如果你穿越到罗马帝国，你现在已经拥有了基本的历史知识，可以像一个真正的领袖那样建立和管理自己的城市了！另外，你还知道要建造什么、为什么建造，以及如何建造这个城市。此外，你还了解到要注意些什么……是的，现在的你已经具备了成为一名货真价实的罗马公民的素质！

不过，你还得好好学学拉丁语。我的拉丁语

有点烂，而且……

哎呀，我们马上就到机场停车场了！来吧，是时候说再见了！和我一起吧，茱莉亚？

"Arrivederci！"
"再见！"

哦，拉丁语的再见是 Salve！谁知道呢，也许我们还能在另一个空间和时间相遇呢！

Published in the French language originally under the title:
100% Bio – Le temps des Romains, vu par un ado et sa cousine © 2020,
Poulpe Fictions, an imprint of Édi8, Paris, France.
Simplified Chinese edition arranged through Dakai L'AgenceThe simplified
Chinese translation copyrights © 2023 by China Translation and Publishing
House
All rights reserved.

图书在版编目（CIP）数据

孩子眼中的罗马时代 ／（法）朱利安·赫维尤著；
（法）罗宾·拉法利绘；王柳棚译 . —— 北京：中译出版
社，2023.3
（孩子眼中的古文明）
ISBN 978-7-5001-7208-6

Ⅰ . ①孩… Ⅱ . ①朱… ②罗… ③王… Ⅲ . ①儿童故
事－图画故事－法国－现代 Ⅳ . ① I565.85

中国版本图书馆 CIP 数据核字（2022）第 191865 号

审图号：GS（2022）4346 号

（著作权合同登记号：图字 01-2022-2667 号）

孩子眼中的罗马时代
HAIZI YANZHONG DE LUOMA SHIDAI

[法] 朱利安·赫维尤 著；[法] 罗宾·拉法利 绘；王柳棚 译

出版策划：巴　扬　邢　莉
责任编辑：林　勇
营销编辑：靳佳奇　王　宇
封面设计：杨西霞
版权支持：陈　卓

出版发行：中译出版社
地　　址：北京市西城区新街口外大街 28 号普天德胜大厦主楼 4 层
邮　　编：100088
电　　话：(010) 68359827，68359303（发行部）；(010) 62058346（编辑部）
电子邮箱：book@ctph.com.cn
网　　址：http://www.cpth.com.cn

印　　刷：山东新华印务有限公司
规　　格：889 mm×1194 mm　1/32　　印　张：7.75　　字　数：72千字
版　　次：2023 年 3 月第 1 版　　　　　印　次：2023 年 3 月第 1 次

ISBN 978-7-5001-7208-6　　　　　　　　定　价：42.00 元

版权所有　侵权必究
中译出版社